NOV -- 2013

D0728064

PETAWAWA
PUBLIC LIBRARY

DE LA MÊME AUTEURE

Les cordes de cristal, épisodes 1 et 2 *(série en cours de création)*

Saga des Chevaliers d'Émeraude, tomes 1 à 12 *(série complétée)*

Qui est Terra Wilder ?
Capitaine Wilder

Série culte A.N.G.E., tomes 1 à 10 *(série complétée)*

Saga des Héritiers d'Enkidiev *(série en cours de création)*
suite des Chevaliers d'Émeraude
 Tome 1 - Renaissance
 Tome 2 - Nouveau monde
 Tome 3 - Les dieux ailés
 Tome 4 - Le sanctuaire
 Tome 5 - Abussos
 Tome 6 - Nemeroff
 Tome 7 - Le conquérant

Les ailes d'Alexanne *(série en cours de création)*
 Tome 1 - 4 h 44
 Tome 2 - Mikal
 Tome 3 - Le faucheur
 Tome 4 - Sara-Anne

Livres compagnons
 Enkidiev, un monde à découvrir
 Les fêtes de Parandar
 Privilège de roi
 A.N.G.E. - Personnel autorisé seulement

Bandes dessinées
 Les chevaliers d'Émeraude, tome 1 - Les enfants magiques
 Les chevaliers d'Émeraude, tome 2 - L'épreuve du magicien
 Les chevaliers d'Émeraude, tome 3 - L'imposteur
 Les chevaliers d'Émeraude, tome 4 - Le garçon-foudre
 A.N.G.E., tome 1 - Genesis *(à paraître en 2014)*

LES CORDES DE CRISTAL
Épisode 3

Catalogage avant publication de Bibliothèque et Archives nationales du Québec et Bibliothèque et Archives Canada

Robillard, Anne

Les cordes de cristal

ISBN 978-2-923925-58-5 (v. 3)

I. Titre.

PS8585.O325C67 2012   C843'.6   C2012-940815-8
PS9585.O325C67 2012

Wellan Inc.
C.P. 57067 - Centre Maxi
Longueuil, QC   J4L 4T6
Courriel : info@anne-robillard.com

Couverture et illustration: Jean-Pierre Lapointe
Mise en pages: Claudia Robillard
Révision: Annie Pronovost

Distribution: Prologue
1650, boul. Lionel-Bertrand
Boisbriand, QC   J7H 1N7
Téléphone : 450 434-0306 / 1 800 363-2864
Télécopieur : 450 434-2627 / 1 800 361-8088

© 2013 Wellan Inc. **Tous droits réservés**

Dépôt légal - Bibliothèque et Archives nationales du Québec, 2013
Dépôt légal - Bibliothèque et Archives Canada, 2013

Anne Robillard

LES CORDES DE CRISTAL
Épisode 3

Los Angeles, dans les années 1980

Les hôpitaux de Los Angeles étaient habitués de recevoir des dizaines de blessés par balle ou par arme blanche à toute heure de la nuit, alors le médecin de garde qui vit arriver John et Allison ne s'étonna pas du grand nombre de contusions qui marquaient leur visage et leurs bras. Les deux jeunes gens furent immédiatement pris en charge par les urgentistes, tandis que Do arpentait la salle d'attente sous le regard inquiet d'Isabelle.

– Je vais retarder notre départ pour les îles Fidji, lui dit-elle pour l'apaiser. Nous resterons en Californie aussi longtemps que tu le voudras.

Le guitariste continua de marcher d'un bout à l'autre de la pièce, comme un fauve en cage.

– Tu devrais appeler tes parents, ajouta la nouvelle mariée.

– Pas tant que je ne saurai pas l'étendue exacte de leurs blessures.

Appliquant la politique de l'hôpital dans les cas de voies de fait, l'infirmière avait averti la police dès que John et Allison avaient été admis dans l'établissement. Avant même que les médecins n'aient terminé leur examen, deux officiers enquêteurs, qui avaient été prévenus par leurs collègues patrouilleurs, arrivèrent au poste d'admission. La réceptionniste leur pointa aussitôt le couple qui se morfondait dans la salle voisine.

– Monsieur Specogna?

Do fit volte-face, croyant que c'était le médecin.

– C'est moi.

– Nous aimerions connaître votre lien avec les victimes et savoir si vous avez vu quelque chose.

– Il s'agit de mon jeune frère John et de son amie, Allison Page. J'ai vu les premières secondes de l'attaque dans le stationnement à partir de ma chambre d'hôtel et je me suis tout de suite porté à leur secours.

– Quand est-ce arrivé?

– Ça fait moins d'une heure.

– Avez-vous vu l'agresseur?

– Ils étaient deux, mais ils ont pris la fuite quand je suis arrivé sur place, alors je n'ai pas eu le temps de voir leur visage. Je peux seulement vous dire que c'étaient deux hommes.

– Race blanche, noire…?

– Je n'en sais rien.

– Pouvez-vous me raconter exactement ce que vous avez vu?

– John et Allison étaient de chaque côté de la voiture de John lorsque leurs assaillants se sont mis à les rouer de coups. Ils en auraient reçu beaucoup moins si le foutu ascenseur de l'hôtel avait été plus rapide. J'ai crié en courant dans le stationnement et les malfaiteurs se sont enfuis.

Do creusa encore plus profondément dans sa mémoire.

– Oh! Et Jeff Sarzo est arrivé lui aussi au même moment.

– Qui est-il?

– Un ami musicien.

– À quel hôtel étiez-vous et pour quelle raison?

– Au Biltmore, pour célébrer mon mariage avec Isabelle, répondit-il en pointant la jeune femme.

– Puis-je vous poser les mêmes questions, madame Specogna?

– Do était allé fermer les rideaux lorsqu'il a aperçu ce qui se passait dans le stationnement. Il m'a tout de suite demandé d'appeler la police. J'ai pris le téléphone et pendant que j'attendais qu'on me réponde, j'ai regardé par la fenêtre. Après avoir alerté la police, je me suis empressée de me rendre sur les lieux moi aussi. J'étais bien trop loin pour voir les agresseurs.

Le médecin vint enfin à la rencontre des nouveaux époux.

– Ils sont tous les deux sous observation dans une salle des soins intensifs, annonça-t-il.

– Ont-ils subi des blessures graves? s'inquiéta Do.

– Ils n'ont rien de cassé, heureusement, mais ils ont reçu des coups à la tête, alors une hémorragie cérébrale n'est pas à écarter.

– Est-ce que je peux voir mon frère?

– Je ne peux permettre qu'à une seule personne de sa famille de se rendre à son chevet.

– Vas-y, souffla Isabelle à son mari.

L'un des policiers suivit Do jusqu'à la pièce vitrée où les deux jeunes gens étaient allongés sur des civières. Le guitariste sentit son cœur se serrer dans sa poitrine lorsqu'il aperçut le visage bleu de son frère. John parvint à ouvrir un œil avec difficulté.

– Domino… murmura-t-il.

– Qui t'a fait ça ? s'embrasa le grand frère.

– Je ne sais pas… il était derrière moi…

– C'étaient deux hommes blancs, affirma Allison, d'une voix faible.

Elle avait du mal à respirer, mais elle tenait à faire savoir ce dont elle se souvenait à l'officier qui se tenait à côté du médecin.

– Ils dépassaient John d'au moins une tête… dans la vingtaine… cheveux noirs à l'épaule, sales et mal coupés…

– Tu as eu le temps de voir tout ça ? s'étonna Do.

– Celui qui m'a attaquée avait une cicatrice sur la joue et il puait l'alcool… Celui qui s'en est pris à John avait un tatouage sur le cou, comme une sorte de trident.

– Est-elle en train de divaguer ? demanda le policier à l'urgentiste.

– Non, répondit Allison. J'ai mal partout, mais je suis parfaitement lucide.

– Vous ont-ils pris quelque chose, mademoiselle ?

– Rien du tout et, pourtant, je porte des diamants.

– Ils vous ont attaqués sans aucune provocation ?

– Aucune. Je pense qu'ils voulaient la voiture.

– Ma vieille Oldsmobile ? fit John, incrédule.

– Messieurs, ces deux jeunes gens ont besoin de se reposer, annonça le médecin.

Il poussa Do et le policier à l'extérieur de la pièce. Isabelle vint aussitôt prendre les mains de Do.

– Il est amoché, mais il survivra, l'informa son mari.

– Le ciel soit loué… Maintenant, appelle tes parents.

– Il est bien trop tard. Je ne veux pas que mon père prenne sa voiture au milieu de la nuit. Je vais te reconduire à l'hôtel et revenir veiller sur John.

– Il n'en est pas question. Je reste ici avec toi.

– Ces chaises ne sont pas du tout confortables.

– Tes genoux le sont.

– Bon, d'accord. Je vais aller nous chercher du café.

Étant enfant unique, Isabelle ne connaissait pas ce lien indestructible qui unissait les deux frères Specogna, mais elle enviait Do. Malgré tout l'amour qu'elle ressentait pour son beau guitariste, elle se doutait bien que leur relation ne serait jamais aussi profonde.

Pendant que les nouveaux mariés passaient leur nuit de noces dans la salle d'attente d'un hôpital, Jeff Sarzo retournait chez lui, à Kennenika, sur sa moto. En faisant le moins de bruit possible, il entra dans la résidence Wade et grimpa à l'étage. Il trouva sa sœur endormie dans sa chambre, mais Joey n'était pas dans son lit. L'aîné redescendit donc au studio, où le cadet passait le plus clair de son temps. Jeff prit une grande respiration, s'attendant à être repoussé dès qu'il ouvrirait la porte par les vibrations émanant du gros amplificateur Marshall qu'utilisait Joey. Il fut bien surpris d'entendre une douce mélodie. Joey était assis sur un tabouret, au milieu de ses instruments, et jouait de la guitare acoustique.

– Joey, es-tu malade ?

– C'est plus grave encore.

Jeff contourna le plus jeune et s'accroupit devant lui.

– Répète ça.

– Je suis en train de mourir.

– Quoi ?

– Ce soir, j'ai eu une illumination.

– Toi ?

– J'ai compris que l'arrivée de Jippy Wade dans notre vie n'était pas seulement un coup de veine, mais aussi une malédiction. Nous vivons certes dans l'opulence depuis que nous sommes à Kennenika, mais ce n'est qu'une cage dorée de laquelle nous ne pourrons jamais plus sortir.

Jeff mit la main sur le front de son frère pour voir s'il faisait de la fièvre.

– Je compose les meilleures chansons du monde, mais je suis condamné à ne les jouer que dans ce petit studio d'où aucun son ne peut sortir.

– Mais qu'est-il donc arrivé pour que tu te sentes aussi déprimé ?

– J'ai dix-neuf ans et je suis le meilleur guitariste de l'univers, mais on a décidé que j'étais trop irresponsable pour quitter cette maison.

– Tout ce que tu dis est à peu près vrai, mais la raison pour laquelle maman te garde auprès d'elle, c'est que tu tardes à terminer tes études et parce que tu es naïf. Il y a une foule de profiteurs et de manipulateurs qui ne feraient qu'une bouchée de toi.

– Pourquoi ne te bouffent-ils pas, toi ?

– Parce que je suis un petit futé qui ne fait confiance à personne. Toi, tu trouves tout le monde beau et gentil, mais ce n'est pas ça, la réalité, surtout dans le monde de la musique.

– C'est pour ça que tu as une motocyclette et moi, non.

– Toi, tu as besoin de sommeil. Allez, pose cette guitare et viens te coucher.

Au grand étonnement de l'aîné, Joey obtempéra et le suivit dans l'escalier qui menait à l'étage.

– Ça n'y changera rien, soupira le plus jeune. Demain, mes barreaux seront toujours dans ma face.

– Je suis certain qu'avec un peu de repos, tu verras les choses autrement.

Jeff le poussa dans sa chambre et alla se déshabiller dans la sienne. Il venait à peine de se glisser sous les draps que Joey réapparut à sa porte.

– Je pourrais m'enfuir, déclara le cadet.

– Et briser le cœur de maman ?

– Elle pourrait aussi être très fière que je devienne enfin un adulte.

– On n'acquiert pas automatiquement de la maturité quand on quitte le nid familial, Joey. Ça se produit lorsqu'on affiche une volonté de prendre des responsabilités, un désir de se montrer fiable et une détermination à ne jamais donner notre parole à la légère.

– Tout ça en même temps ?

– Je crains que oui.

– Comment t'y es-tu pris ?

– Dans mon cas, ça été facile, puisque je suis l'aîné. Quand papa est décédé, je me suis senti obligé d'aider maman à sauvegarder notre cellule familiale. J'ai travaillé après l'école pour qu'on puisse mettre un peu plus de nourriture sur notre table pendant que maman enseignait le piano à la maison, puis j'ai écrit des chansons qu'elle interprétait dans le club non loin de chez nous, à San Francisco. J'ai aussi pris sa place auprès de Rachel et de toi lorsqu'elle devait s'absenter le soir. Il a aussi fallu que j'apprenne à cuisiner pour ne pas vous empoisonner.

– Tu ne m'as jamais demandé de te donner un coup de main.

– Parce que tu étais jeune et…

– Je n'ai qu'un an de moins que toi, Jeff!

– C'est vrai, mais tu vivais dans ta bulle.

– Tu n'as jamais eu envie de la crever?

– Souvent, mais maman disait que tu en avais besoin pour te remettre du choc de la mort de papa.

– C'est vrai que je ne voulais parler à personne et ça me faisait du bien de jouer de la guitare et du piano seul dans ma chambre, mais j'ai un autre père, maintenant, et nous vivons bien. Je n'ai plus de raison de me replier sur moi-même.

Jeff savait bien que c'était faux, puisqu'un jour, sa mère serait forcée de lui avouer que Nico Wade était son véritable père.

– Peux-tu faire quelque chose pour m'aider à être plus responsable? implora Joey.

– Laisse-moi y penser, d'accord?

– Bien sûr, mais ne tarde pas trop.

– En attendant, promets-moi de ne pas quitter la maison sur un coup de tête.

– Je te le jure.

– Maintenant, au lit, jeune homme, ordonna Jeff en imitant sa mère, ce qui fit rire son frère.

Joey regagna sa chambre, le cœur plus léger.

– Dans quoi me suis-je embarqué? soupira l'aîné en éteignant la lampe de chevet.

Malheureusement pour les musiciens de Ridge, le mastering de leur album n'avait pas pu être terminé assez rapidement pour qu'ils puissent partir en tournée avec Arial, pour qui ils auraient volontiers réchauffé le public. Toutes sortes de problèmes techniques en avaient retardé l'enregistrement puis la production. Assis devant le téléviseur, dans le salon de la petite maison de Kennenika qu'il partageait avec ses musiciens, Jesse Ridge ruminait sa déception en buvant une bière froide à petites gorgées. Il ne voyait pas le spécial de Noël qui jouait devant ses yeux. En fait, il ne regardait nulle part. Ses musiciens étaient partis s'amuser au club-house et ne rentreraient pas de sitôt.

– Pourquoi es-tu si pressé, fils du dragon ?

Jesse se demanda s'il avait vraiment entendu cette phrase ou s'il l'avait pensée.

– Tu as un bel avenir devant toi, mais tu dois apprendre à te détendre.

Le guitariste fit volte-face et aperçut Simon debout derrière son fauteuil. Comme à son habitude, il était entièrement vêtu de noir.

– Par où es-tu passé ? s'étonna Jesse. Je suis certain que personne n'a ouvert la porte.

– La matière ne limite plus mes déplacements.

– Si tu es venu me bombarder d'apophtegmes, tu tombes mal.

– J'ignorais que tu connaissais des mots savants, le taquina Simon.

– C'est ce qui nous arrive quand on aime lire.

– Pourtant, ce soir, tu es en train de boire.

– Il est plus facile de penser en buvant qu'en lisant.

– Tu penses trop.

Jesse avala la dernière gorgée d'alcool et se retourna pour déposer la bouteille sur la table basse. En levant les yeux, il découvrit avec stupeur que Simon était maintenant debout devant lui.

– Personne ne se déplace à cette vitesse, grommela Jesse, incrédule.

– Parlons plutôt de toi.

– Pas avant que j'aie compris comment tu arrives à faire ça.

– Je vis sur un autre plan d'existence.

– Tu es dans ma tête ?

– Seulement en partie.

Le musicien se pencha en tendant la main et toucha la poitrine de l'ancien chanteur d'Arial.

– Tu es vraiment ici.

– Mon enveloppe corporelle, oui, mais ma sagesse s'infiltre dans ton cœur.

– Simon, ce soir, je n'ai tout simplement pas envie d'entendre tes paraboles…

– Il y a des choses que tu dois savoir avant que je termine mon ascension.

– Qu'est-ce que ça changera dans ma vie ?

– Tout.

– Je vais aller me chercher une autre bière, se découragea Jesse.

– Non. Reste là.

Simon s'assit sur le sofa et planta ses yeux pâles dans ceux du jeune homme, comme s'il s'apprêtait à le psychanalyser.

– J'aurais dû aller au club-house avec les autres, maugréa Jesse.

– Qui sont tes parents ?

– Sommes-nous vraiment obligés de parler de ça, maintenant ?

– C'est une question de vie ou de mort.

– Est-il arrivé quelque chose à ma mère ? s'effraya le guitariste.

– Non. Parle-moi de tes parents, insista Simon.

– Il n'y a pas grand-chose à dire. Je ne connais pas mon père et ma mère m'a élevée de son mieux.

– Pourquoi ne t'a-t-elle jamais parlé de lui ?

– C'est moi qui lui ai demandé de garder le secret, parce que je ne voulais pas être tenté d'aller lui casser la gueule.

– Tu crois qu'il t'a abandonné ?

– Évidemment !

– Et s'il n'avait jamais été mis au courant de ton existence ?

– Ma mère n'aurait pas refusé son aide. C'est lui qui n'a pas voulu d'elle, ni de moi, apparemment.

– Et si je te disais que tu te trompes ?

– C'est parce que tu es en train d'ascensionner que tu possèdes soudain la vérité universelle ?

– Pas tout à fait, mais on pourrait sans doute mettre ma soudaine lucidité sur le compte de mon nouvel état.

– Écoute, Simon. Je vais te répéter ce que j'ai dit à ma mère : je ne veux pas savoir qui est mon père. Je ne vis pas dans le passé, mais dans le présent et je me soucie de mon avenir. Je ne dois rien à cet homme et je ne désire pas créer de liens avec lui. Si tu le connais, alors avertis-le qu'il n'y a pas de place pour lui dans ma vie.

– Maintenant, cesse de ne penser qu'à toi et essaie d'imaginer comment se sent cet homme.

– Tu es sourd ou quoi ? Je m'en moque !

– Lorsqu'on arrive à la fin de sa vie, on ne voit plus les choses de la même manière.

– Mon père est en train de mourir et il veut libérer sa conscience, c'est ça ?

– Il veut seulement que tu saches la vérité, mais tu as aussi le droit de te boucher les oreilles et de faire semblant qu'il n'existe pas.

Le moteur d'une voiture s'arrêtant devant la maison attira le regard du fils ingrat vers la grande fenêtre du salon pendant un instant. C'était Hayden qui ramenait Bryan à Kennenika. Jesse se tourna une fois de plus vers Simon, mais il n'était plus là.

La porte s'ouvrit et le jeune guitariste aux longues boucles blondes entra. Il avait une mine radieuse.

– John et Allison quitteront l'hôpital demain matin, annonça joyeusement Bryan.

– C'est une excellente nouvelle. A-t-on retrouvé leurs agresseurs ?

– Pas encore, mais grâce à tous les détails dont se souvient Allison, les policiers ont pu faire leurs portraits robots.

– Les as-tu vus ?

– Ouais, affirma Bryan en se laissant tomber sur le sofa, à l'endroit même où Simon était assis quelques minutes plus tôt. Ils ont des têtes de criminels.

– Il ne faut pas juger les gens selon les apparences, mon ami. Certaines personnes ont des traits très durs, mais un cœur en or.

– Je sais, mais quand tu poseras les yeux sur ces deux-là, tu seras certainement d'accord avec moi. On dirait vraiment des mercenaires prêts à tout.

– Tu regardes trop de films.

– J'ai juste un très bon sens de l'observation, comme Allison. Mon père passait son temps à me dire que j'aurais dû être détective. Le problème, c'est que j'aimais trop la musique.

– Heureusement pour Ridge.

– Pour te prouver que je dis vrai, ce soir, je remarque que tu ne sembles pas dans ton assiette.

– Je suis en effet frustré de ne pas être dans un autobus de tournée en ce moment.

– Ce n'est pas de la frustration que je perçois, mais une profonde tristesse.

– Mais qu'est-ce que vous avez tous à vouloir m'analyser, à la fin ? se fâcha Jesse.

– Qui sont les autres ?

– Simon m'a rendu visite juste avant que tu arrives et il n'arrêtait pas de me poser des questions sur mon enfance.

– Il est vrai que tu n'es pas très bavard à ce sujet.

Jesse regretta aussitôt d'avoir trop parlé.

– Je suis certain que ça te ferait du bien de te confier, ajouta Bryan.

– Bon, si tu insistes, mais il n'y a franchement pas grand-chose à dire. Je suis un enfant unique, élevé par une mère monoparentale qui avait trois emplois pour que nous puissions garder notre logement, manger et me permettre de fréquenter une école respectable.

– Ton père vous a abandonnés ?

– Ouais…

– Tu m'en vois désolé…

– Je me suis débrouillé seul dans la vie, Bryan. Tout ce qui me préoccupe, c'est de me tailler une place au soleil. Je n'ai pas de temps à accorder à cet homme que je ne connais pas.

Le jeune guitariste alla chercher deux bouteilles de bière froide dans le réfrigérateur et en déposa une dans la main de Jesse.

– Pourquoi Simon s'intéresse-t-il à ton passé et comment se fait-il qu'il s'arrête ici alors que tout le monde le croit mort ?

– Il a toujours tenu à faire planer une aura de mystère autour de lui. Un Écossais élevé au Japon qui a adopté la philosophie tibétaine… Pas très métal, si tu veux mon avis. Mais c'est Simon. Il vit probablement au fin fond du désert en nous faisant croire qu'il flotte entre deux mondes. Peut-être bien qu'il connaît mon père. Il a fréquenté tellement de gens depuis le début de sa carrière.

– C'est peut-être lui, ton père.

Le choc de cette possibilité frappa Jesse de plein fouet. Il ouvrit la bouche pour réfuter cette affirmation ridicule, mais aucun son n'en sortit.

– Tu as les cheveux noirs et les yeux bleus comme lui.

– Je n'ai rien en commun avec Simon Maccrie ! articula finalement le pauvre homme.

– C'est normal, puisque tu as été élevé par ta mère.

Jesse se referma sur lui-même, faisant de gros efforts pour se rappeler sa récente conversation avec le sorcier. «Il est vrai que je ne lui ai pas donné l'occasion de me livrer son message», songea-t-il.

– Était-elle musicienne ? demanda Bryan.

– Non… elle était serveuse dans un restaurant et dans un bar et elle dansait dans les clubs.

– Donc, ton amour de la musique te viendrait de…

– Pitié, Bryan, le coupa Jesse.

– Vous avez tous les deux choisi le métal.

– Mais je ne parle pas aux esprits et je ne disparais pas comme un mirage quand bon me semble.

– Heureusement…

Jesse vida sa bouteille de bière d'un seul coup.

– Le mieux serait de lui poser directement la question, tu ne crois pas ?

– Tout compte fait, Bryan, je préfère ne pas le savoir.

Visiblement ébranlé mais s'efforçant tout de même de ne rien laisser paraître, Jesse se dirigea vers sa chambre. Malgré son jeune âge, Bryan comprenait qu'il avait besoin de solitude pour réfléchir à ce qui venait de lui arriver. Il retira sa guitare acoustique de sa boîte de transport et se mit à jouer les ballades du groupe. Puis, à la fin de la soirée, il s'arrêta pour écouter les actualités.

– Le coroner de San Bernardino vient de confirmer que le corps retrouvé il y a quelques jours dans le parc national Joshua Tree est bel et bien celui de Simon Maccrie, qui a longtemps été le chanteur du groupe de métal Arial avant de céder sa place à Kevin Roe.

– Jesse ! hurla Bryan.

Croyant que le jeune homme était en danger, le musicien sortit de sa chambre en boxer et se précipita dans le salon. Incapable de parler, Bryan lui pointa l'écran de télévision sur lequel apparaissait la photo de Simon. Le lecteur de nouvelles poursuivit :

– Personne ne sait ce que Maccrie faisait dans le désert sans aucune provision. Il serait apparemment mort d'inanition il y a un peu plus d'une semaine.

– Ils se trompent ! se fâcha Jesse. Il m'a rendu visite il y a quelques heures à peine !

– C'était peut-être un fantôme…

– Je l'ai touché et il était aussi solide que toi et moi.

Jesse décrocha le téléphone et composa un numéro en tremblant.

– Hayden Roe, répondit le bras droit de Jippy d'une voix fatiguée.

– C'est Jesse. Es-tu en train d'écouter les nouvelles ?

– Ouais. Le coroner m'a appelé tout à l'heure. Il a identifié Simon grâce à son dossier dentaire, mais il aimerait que j'aille tout de même confirmer à la morgue qu'il s'agit bien de lui.

– Je veux y aller avec toi.

– Pourquoi ?

– Parce que je veux m'assurer que ce n'est pas lui.

– C'est comme tu veux. Je passe te prendre demain matin.

– Merci, Hayden.

Jesse raccrocha. Il était livide.

Jesse Ridge n'arriva pas à trouver le sommeil. Il resta assis sur son lit à se demander si le médecin légiste avait commis une erreur en examinant les dents du cadavre retrouvé dans le désert, ou si c'était lui qui était en train de perdre la raison. « Je me suis peut-être endormi dans le salon et j'ai rêvé cette rencontre avec Simon jusqu'à ce que Bryan me réveille en entrant dans la maison », songea-t-il. Il regarda le soleil se lever par la fenêtre de sa chambre, puis fila sous la douche.

Hayden arriva devant la petite maison fleurie quelques minutes plus tard. Entièrement vêtu de denim usé sur les genoux et les coudes, les cheveux encore humides, Jesse monta dans la Mustang du patron.

– Tu as une mine affreuse, laissa tomber Hayden.

– Je m'en doute bien : je n'ai pas fermé l'œil de la nuit.

– Pourquoi tiens-tu à m'accompagner, Jesse ?

– Tu ne me croiras pas si je te le dis.

– Essaie toujours.

Hayden remit le moteur en marche et fila sur l'autoroute.

– Simon est venu me parler, hier soir.

– Simon est mort.

– C'est précisément pour savoir si je suis devenu fou que je veux voir son corps.

– Donc, à ton avis, le coroner s'est trompé ?

– Je l'espère, pour mon propre bien.

Les musiciens arrivèrent au poste de police de San Bernardino une heure et demie plus tard et furent reçus par le shérif Andy Stewart. Celui-ci leur serra la main et les mena directement à la morgue. Tandis qu'il ouvrait le grand tiroir de la chambre froide, Jesse sentit son estomac se nouer.

La peau de l'ancien dieu du métal était brûlée par le soleil, mais c'était bel et bien lui.

– C'est Simon Maccrie, confirma Hayden dans un soupir de découragement.

Jesse tourna les talons et quitta la pièce.

– Que faisait monsieur Maccrie dans le désert ? demanda le shérif.

– Je n'en sais franchement rien, avoua Hayden. Simon était un homme étrange. Il ne parlait pas beaucoup de sa vie privée, mais il pratiquait la méditation, ainsi que d'autres trucs encore plus bizarres. Il a sans doute éprouvé le besoin de se retirer de la civilisation pendant un moment sans s'y être bien préparé.

– Pourriez-vous demander à sa famille d'entrer en communication avec nous ?

– Sa famille…

Hayden n'en avait jamais entendu parler, mais il ne fit rien paraître devant Stewart. Il lui promit plutôt de faire le nécessaire pour aviser les proches du défunt. Il signa ensuite les papiers d'identification et quitta l'immeuble. Jesse était appuyé contre l'aile de la voiture, la tête basse.

– Veux-tu partir en tournée ou consulter un psychiatre ? demanda Hayden.

– Très bonne question.

– Allez, monte. Je dois essayer de localiser les parents de Simon le plus rapidement possible. Je ne veux pas me retrouver avec ses funérailles sur les bras.

Jesse prit place sur le siège du passager et s'appuya la tempe contre la vitre.

– Cet accablement ne peut pas être uniquement causé par la crainte d'être atteint d'une maladie mentale, laissa tomber Hayden, au bout d'un moment.

– Si je l'avais laissé parler, hier, je pense qu'il m'aurait avoué qu'il était mon père. Maintenant, je n'en serai jamais certain.

– D'une façon ou d'une autre, tu finiras par le savoir.

– Je partirai bientôt en tournée. Ça me changera les idées.

Hayden le déposa à Kennenika et poursuivit sa route jusqu'à Tex-son. Debout derrière son bureau de la réception, Amanda l'attendait en se tordant les mains.

– Est-ce bien lui ? s'enquit-elle dès que le patron franchit la porte d'entrée.

– J'ai bien peur que oui.

– Au moins dix journalistes ont appelé depuis ce matin. Je leur ai dit que je n'étais au courant de rien.

– Vous avez bien fait, Amanda.

– J'ai déposé les messages sur votre table de travail.

– Je m'en occupe.

Hayden fit deux pas vers ses quartiers, puis pivota vers la réceptionniste.

– Que savez-vous sur la famille de Simon ?

– Absolument rien.

– Qui pourrait me renseigner ?

– Marlon, sans doute. Il sait tout.

– J'aurais dû y penser.

Le musicien s'enferma dans son bureau et commença par fouiller dans le grand classeur en métal. Il trouva le dossier d'Arial et celui de Simon Maccrie. Il parcourut tous les documents qu'ils contenaient, mais n'apprit pas grand-chose. Si les renseignements qu'il avait sous les yeux étaient exacts, le chanteur de métal venait tout juste de passer le cap de la cinquantaine. Il était né à Glasgow, en Écosse, mais il avait passé presque toute sa vie au Japon.

– Pourquoi ? lâcha Hayden, qui n'aimait pas les devinettes.

Pour gagner du temps, il s'empara du téléphone et appela Marlon.

– Maison des délices, bonjour ! le salua l'ancien batteur d'Arial avec sa bonne humeur habituelle.

– C'est Hayden.

– Alors, je sais pourquoi tu m'appelles. Quand est-ce arrivé ?

– Simon est mort de faim et de soif dans le parc national de Joshua Tree. Maintenant, à toi de me dire ce qu'il faisait là.

– Il faisait des retraites dans le désert à tous les trois ans afin de recevoir les enseignements d'un vieux shaman. Il en revenait toujours stimulé et vibrant de santé.

– Pas cette fois, en tout cas. À ton avis, y serait-il allé pour mourir ?

– C'est difficile à dire. Que son décès soit accidentel ou volontaire, ça ne change rien au résultat.

– Le shérif m'a demandé de communiquer avec sa famille, mais je n'ai rien à son sujet dans nos papiers.

– C'est parce que la plupart des rock stars n'ont pas un passé intéressant, alors ils préfèrent s'en inventer un ou ne jamais en parler.

– Dis-moi ce que tu sais, Marlon.

– Le père de Simon était un diplomate écossais et sa mère, une actrice britannique. Ils se sont installés à Osaka quand il avait sept ou huit ans. S'ils sont encore vivants, ils doivent avoir soixante-dix ans passés.

– Connais-tu leurs noms?

– Non, mais Simon avait un frère plus vieux qui s'appelle Gowan. Je crois que leur dernière conversation remonte aux débuts de Simon dans le métal, car l'aîné n'était pas d'accord avec son choix de carrière. C'est d'ailleurs pour cette raison que Simon est venu s'installer en Californie.

– Amanda a raison : tu sais vraiment tout.

– Pas encore, mais j'essaie très fort.

– Ce Gowan habite-t-il le Japon?

– Il y a une trentaine d'années, il vivait à Londres, en Angleterre, mais il n'est pas impossible qu'il se soit installé ailleurs depuis.

– As-tu autre chose à me dire au sujet de Simon?

– Il doit avoir quelques enfants illégitimes ici et en Europe, parce qu'il ne se protégeait pas.

– Je pense en connaître un.

– Jesse, n'est-ce pas?

– Le pauvre garçon semble ne l'avoir appris qu'hier, par contre, précisa Hayden.

– Simon n'aimait pas parler de lui-même. Ce que je viens de te dire, je l'ai appris certains soirs où il avait trop bu.

– Donc, s'il a des héritiers quelque part, ces derniers ignorent probablement qu'il est leur père.

– C'est à peu près ça, oui.

– Merci, Marlon. Sans ton aide, j'aurais passé un temps fou à rassembler ces renseignements.

– Il n'y a pas de quoi.

Pendant que Hayden tentait de retrouver la famille Maccrie quelque part sur la planète, Jesse marchait en rond autour de l'îlot de verdure qui occupait le centre du village. De la fenêtre de sa maison, Marlon l'avait observé tout en discutant au téléphone avec Hayden. Il attendit que Jesse en soit à son vingtième tour complet avant de se décider à sortir, un bloc de papier à la main.

– Stop! ordonna le batteur en se plantant devant le musicien désœuvré. Les règlements de Kennenika sont très clairs : personne ne peut tourner autour du parc plus de cinq fois de suite. En tant que shérif de cette formidable petite ville, je n'ai pas d'autre choix que de t'imposer une amende.

– Quoi?

– La sanction est une bière pour chaque tour excédant les cinq qui sont permis par la loi. Ça tombe bien, puisque je viens d'en acheter plusieurs cartons.

– Marlon, c'est gentil de vouloir me changer les idées, mais j'ai vraiment envie d'être seul.

– Il est de mon devoir de faire respecter la loi. Retourne-toi.

– Pourquoi?

– Fais ce que je te demande, sinon ton châtiment sera terrible.

– D'accord, mais à l'unique condition que tu me laisses ensuite tranquille.

Marlon saisit l'un des bras du guitariste, le ramena dans son dos et referma un bracelet de fer sur son poignet.

– Mais qu'est-ce que tu fais là ?

– Personne ne m'écoute quand je parle. Je suis le shérif de Kennenika.

Jesse n'eut pas le temps de réagir que Marlon refermait la deuxième menotte sur son autre poignet.

– Marlon, libère-moi tout de suite ! rugit le guitariste.

– Tu as le droit d'appeler ton avocat. Tout ce que tu diras pourra être retenu contre toi.

– Je n'ai vraiment pas le cœur à rire.

Le batteur poussa son prisonnier jusqu'à sa maison, la plus fleurie du village, et le fit asseoir à la cuisine.

– Si tu me promets d'être sage, je te détacherai. Je peux aussi réduire ta sentence à une seule bière si tu acceptes de me confier ta peine.

Jesse soupira bruyamment. Puisqu'il ne protestait pas davantage, Marlon lui retira ses menottes.

– Est-ce la mort de Simon qui te met dans un état pareil ?

– Je crains que ce soit encore plus compliqué…

– Laisse-moi deviner.

– Non ! Tu as bien trop d'imagination. Tu vas inventer un truc abracadabrant et tu vas le croire.

– Alors, parle.

– J'éprouve à la fois du chagrin, du regret, de la frayeur et de la colère.

– Il n'est donc pas étonnant que tu n'aies pas compté le nombre de tours que tu as faits autour du parc.

– Je te promets d'aller marcher ailleurs la prochaine fois, maugréa Jesse.

– Explique-moi pourquoi tu ressens ces émotions, mon petit cœur.

– Il est possible que Simon soit mon père.

– Mais tu n'en es pas certain, ce qui explique le chagrin et le regret. Qu'en est-il de la frayeur et de la colère ?

– J'ai vu Simon alors qu'il était censé être mort. Nous avons eu une conversation durant laquelle il a tenté de me dire la vérité, mais je ne l'ai pas laissé parler. Et maintenant, je suis fâché contre lui, parce qu'il m'a côtoyé à Tex-son sans jamais rien me dire.

– On dirait bien que tu as traversé toutes les étapes du deuil en très peu de temps.

– Les quoi ?

– Lorsqu'on perd un être cher ou lorsqu'on est victime de trahison ou d'abandon, notre première réaction est le choc. Viennent ensuite la colère, la tristesse, puis l'acceptation.

– Alors, je n'ai pas encore traversé la dernière étape. Je ne saurai jamais la vérité à son sujet, Marlon. Pire encore, il m'a fait douter de ma santé mentale !

– Il nous a tous fait le même coup à un moment ou un autre…

Le batteur poussa une bière devant son ami musicien, mais celui-ci ne s'y intéressa pas.

– Habituellement, une mère connaît l'identité du père de ses enfants, laissa tomber Marlon. Tu pourrais peut-être t'adresser à la tienne, si elle est encore en vie, évidemment.

– Je lui ai demandé de ne jamais me parler de lui.

– Il n'y a que les fous qui ne changent jamais d'idée. Allez, file.

Jesse bondit vers la porte.

– Bonne chance ! cria Marlon.

Le batteur se planta devant la grande fenêtre du salon et regarda le jeune guitariste courir vers sa Mustang.

– Tu vas en avoir besoin...

Lorsque Domenico poussa John dans la maison de leurs parents, Maria Specogna poussa un cri d'effroi en apercevant le visage enflé de son benjamin. Son mari n'était pas encore rentré des courses qu'elle lui avait demandé de faire. Titubant sur ses jambes, la pauvre femme prit appui contre le mur, incapable de prononcer un seul mot.

– Ce n'est rien, maman, tenta de la rassurer John.

– Es-tu sûr de ne pas vouloir t'installer temporairement chez Allison ? demanda Do à son frère.

– Ça ira. Tu peux partir avec Iz, maintenant, je te jure de ne pas sortir de la maison avant ton retour.

– Je vais appeler papa quand je serai à l'aéroport pour lui demander de veiller sur toi. Pas de club, pas de balade dans le quartier de l'hôtel Biltmore, pas de…

– Tu m'as déjà dit tout ça dans la voiture, le coupa John. Si ça continue, tu vas manquer ton avion.

Do serra son frère dans ses bras avec précaution.

– Je vais te donner régulièrement des coups de fil pour savoir comment tu te remets.

– C'est ta lune de miel ! Occupe-toi plutôt de ta femme.

– Tu occupes encore plus de place qu'Iz dans mon cœur, John. Je te garderai à l'œil, que ça te plaise ou pas.

Le nouveau marié embrassa John sur le dessus de la tête, où il n'avait pas d'ecchymoses, et décocha un regard découragé à leur mère.

– Je reviens dans quelques semaines.

Il tourna les talons et quitta la maison, décidé à discuter des actions à prendre avec son père.

– Maman, j'ai juste besoin de me reposer, déclara John, une fois que Do fut parti.

Il prit la main de Maria et l'emmena s'asseoir au salon pour lui raconter ce qui était arrivé après le mariage.

– Pourquoi ton frère ne nous a-t-il pas appelés ?

– C'est arrivé très tard. Il ne voulait pas que papa conduise sa voiture en pleine nuit. Et puis, vous n'auriez pas pu vous rendre jusqu'à mon chevet, de toute façon. J'ai passé toute la nuit en examen.

Les paupières lourdes, John se leva.

– Je vais aller dormir un peu, d'accord ? Le médecin m'a donné des médicaments qui m'assomment.

Maria l'accompagna jusqu'à sa chambre et s'assura qu'il était confortablement installé dans son lit avant de fermer sa porte. Quelques minutes plus tard, Ennio rentrait, les bras chargés de sacs en papier. Sa femme le suivit jusqu'à la cuisine en lui répétant ce que John lui avait raconté.

– Mais pourquoi lui ? se fâcha Ennio. C'est le garçon le plus charmant de cet État !

– Personne ne sait ce que voulaient ces malfaiteurs.

Ennio laissa Maria ranger les provisions et se rendit à la chambre du benjamin. John dormait à poings fermés. En examinant son visage et ses bras, il se demanda pourquoi les truands lui avaient donné une telle raclée sans rien lui voler.

Il retourna au salon, mais fut incapable de se concentrer sur quoi que ce soit. La sonnerie du téléphone le fit sursauter.

– Papa, c'est Do. Je n'ai que quelques minutes pour te parler. Mon vol est sur le point de décoller.

– Ça me rassure d'entendre ta voix, fiston, et merci de t'être occupé de ton frère.

– Tu n'as pas à me remercier pour ça. C'est mon devoir de frère.

– Je t'avoue que je suis un peu froissé que tu ne m'aies pas appelé, mais je comprends tes raisons.

– Maintenant, c'est à ton tour de t'occuper de lui.

– Tu peux me faire confiance. Il n'ira nulle part sans moi.

– Ce qui est arrivé n'était vraiment pas de sa faute, mais il est si naïf qu'il pourrait bien tenter de retrouver lui-même ces criminels, si tu vois ce que je veux dire.

– Pars l'esprit tranquille, Domenico.

Les Specogna ne revirent leur plus jeune fils qu'au souper. Encore somnolent, il prit place à table et huma le spaghetti que lui avait préparé sa mère.

– Je pense que je vais manger l'assiette avec, déclara John pour faire sourire ses parents. Je n'ai pas avalé grand-chose depuis le mariage.

– Il y en a encore dans la casserole, répondit Maria, qui n'avait pas compris la plaisanterie.

Ennio remarqua tout de suite que son fils ne prenait que de petites bouchées qu'il avalait tout rond, pour éviter les douleurs de la mastication. Il n'arrivait tout simplement pas à comprendre pourquoi certains êtres humains traitaient leurs semblables de la sorte.

Dans la soirée, la petite famille s'installa au salon devant un vieux film, mais John s'endormit dès les premières minutes. Ennio le couvrit d'une épaisse couette et ne le réveilla pas. À la fin de la soirée, il envoya Maria se coucher en lui disant qu'il essaierait de transférer leur fils dans son lit. « C'était plus simple lorsqu'il était bébé », se dit le père. Incapable de soulever John, il finit par le réveiller juste assez pour le faire marcher jusqu'à sa chambre.

Le soleil venait à peine de se lever lorsque le téléphone réveilla le jeune musicien. Il étira le bras et décrocha le récepteur.

– Allô… fit-il en bâillant.

Son visage se crispa aussitôt de douleur.

– Joyeux Noël, John. Comment te sens-tu ? demanda la voix rassurante d'Allison.

– Amorti.

– Ce sont les médicaments. J'ai cessé de les prendre parce qu'ils m'empêchaient d'étudier.

– Comment ça, étudier ? Nous sommes en congé jusqu'à la semaine prochaine.

– Nous aurons des examens au retour des classes. Je veux simplement m'y préparer. Quand tu te sentiras mieux, je te suggère de faire la même chose.

– Ce qui nous est arrivé ne t'a pas ébranlée ?

– Oui, beaucoup même, mais j'ai décidé de poursuivre courageusement ma vie. Ces criminels m'ont fait suffisamment de mal, John. Je ne les laisserai pas m'en faire plus.

– Tu m'épates.

– Je préférerais que tu me dises que je te sers de modèle.

– Tu m'inspires.

– Toi, tu es désespérant, par contre. Mais tu es mignon.

– Es-tu seule pour Noël ?

– Mes parents seront à la maison, ce soir. Tu ne devineras jamais ce qu'ils m'offrent en cadeau.

– Une Ferrari ?

– Je n'ai même pas de permis de conduire.

– Une maison sur le bord de la mer ?

– Mieux que ça.

– Ils ont certainement les moyens de t'offrir tout ça.

– C'est vrai, mais mon père a choisi d'offrir une grosse récompense à celui ou celle qui fera arrêter nos agresseurs.

– Tu parles d'un cadeau bizarre.

– Moi, je le trouve génial. Je veux voir ces misérables pendre au bout d'une corde !

– On n'impose pas la peine de mort dans les cas de voies de faits, Allison.

– Je ne parlais pas des tribunaux, mais de ma justice personnelle.

– Dis-moi que tu n'as pas l'intention de devenir avocate…

– J'ai changé plusieurs fois d'idée sur ma carrière, cette année. Pour l'instant, je veux devenir la première femme Présidente des États-Unis.

– Savais-tu que le Président est en congé à Noël ?

– Si tu te sens mieux, on pourrait souper ensemble, ce soir.

– Ça me plairait beaucoup.

John traîna les pieds jusqu'à la douche et enfila des vêtements propres avant de se présenter au salon. Comme à tous les ans, il trouva des cadeaux sous l'arbre de Noël synthétique que ses parents avaient acheté à New York avant la naissance de Domenico.

– Joyeux Noël, mon chéri! lança joyeusement Maria.

– Joyeux Noël, maman. Joyeux Noël, papa.

Le jeune musicien embrassa ses parents, préférant qu'ils ne le serrent pas dans leurs bras pour l'instant, puis s'assit sur le sofa.

– Ce n'est pas pareil sans Domino, déplora-t-il.

– Nous lui remettrons ses présents à son retour, assura Ennio.

John ouvrit les boîtes enveloppées avec du papier de couleur et découvrit des vêtements à la mode, des espadrilles neuves et une magnifique guitare semi-acoustique. Il délaissa tout le reste pour jouer ses compositions préférées jusqu'au dîner. Il mangea avec ses parents, avala ses médicaments et s'installa devant la télévision avec eux. Il était très tard lorsque le téléphone sonna. Devinant qui appelait, il bondit en grimaçant de douleur pour décrocher le récepteur.

– Domino!

– Joyeux Noël, John.

– Je suis tellement heureux d'entendre ta voix.

– As-tu reçu mon présent?

– La guitare? Tu parles! J'en ai joué toute la journée. Elle est parfaite pour les ballades!

– Je savais que tu l'aimerais.

– Comment passes-tu Noël?

– Nous venons tout juste d'arriver à l'hôtel après d'interminables heures de vol. Je pense que nous allons dormir pendant les deux prochains jours. Toi, on dirait que ça va mieux.

– Physiquement, j'ai encore besoin des pilules pour endurer la douleur. C'est dans ma tête que ça se passe moins bien. J'ai fait un cauchemar…

– Au sujet de l'agression ?

– Ouais… mais je préfère ne pas en parler maintenant.

– Ce qui veut dire que papa et maman sont près de toi et qu'ils écoutent.

– Exactement.

– Je te téléphonerai dans deux jours. Tâche de t'isoler.

– Sans faute.

– Tu te rappelles mes conseils ?

– Ils continuent de résonner dans ma tête. Allez vous reposer et embrasse Iz de ma part.

Le coup de fil de son frère redonna du courage au jeune musicien, qui continua de suivre à la lettre toutes les recommandations du médecin. Il alla aussi manger chez Allison, étonné que monsieur et madame Page soient encore au pays pour les fêtes de Noël.

– Vous avez belle allure, tous les deux, commenta le père, découragé, avec son fort accent britannique.

– C'est pour cette raison que nous voulions manger à la maison, répliqua Allison.

Puisqu'ils ne savaient rien faire eux-mêmes, les Page avaient offert une prime très élevée à leur cuisinier pour qu'il accepte de préparer un repas gastronomique au beau milieu de son congé.

– Ne t'inquiète pas, ma chérie, nous retrouverons ces malfaiteurs, affirma la mère.

– Je sais.

Après l'interminable souper, John ne fut pas fâché de se retirer avec son amie dans un des petits salons équipé d'un système de son. Allison fit jouer son poste préféré, KLOS de Los Angeles.

– J'ai un cadeau pour toi, déclara-t-elle en s'assoyant près de John et en lui tendant une petite boîte.

– Tu as quitté la maison pour aller m'acheter quelque chose ?

– En fait, non. Je les ai depuis un petit moment.

– Les ?

John ouvrit l'écrin et y découvrit deux anneaux dorés incrustés de petites pierres transparentes.

– Tu n'en as pas trouvés qui étaient unis ?

– Ce sont des diamants, John Specogna. C'est un présent très cher que je t'offre là.

Elle le força à coucher sa tête sur ses genoux et entreprit de lui enlever les petites vis qui avaient servi à lui percer les oreilles, tandis qu'il grimaçait de douleur comme si elle lui arrachait les lobes.

– Maintenant, tu ressembles à une rock star ! le taquina-t-elle.

Allison se pencha pour l'embrasser et John éternisa le baiser. Il était bien content d'avoir revu les parents de la jeune fille, mais il les aurait volontiers laissé remonter dans un avion ce soir-là afin de partager un moment plus intime avec sa belle.

– Quels sont tes plans pour la nouvelle année ? chuchota-t-elle en frottant son nez contre celui de John.

– Obtenir mon diplôme pour faire plaisir à Do et à mes parents, puis monter mon groupe musical. Et toi ?

– M'inscrire à la faculté de droit de l'université de Californie.

– Jure-moi qu'un jour, tu arrêteras d'étudier…

– Je crains de ne pas pouvoir te promettre ça, John. Une avocate ne cesse jamais d'étudier, car la loi évolue continuellement.

– Avocate ?

– Ne fais pas cette tête-là, car ça pourrait fort bien te servir, un jour.

– Est-ce qu'on se perdra de vue ?

– Tout dépendra de nos horaires et de notre volonté de rester ensemble.

Pour l'empêcher de déprimer davantage, Allison recommença à l'embrasser.

Tandis que Jesse filait vers Santa Monica sur l'autoroute, il tentait de se rappeler sa conversation avec Simon
Maccrie, qui avait trop insisté sur l'identité de ses parents
pour que ce soit un hasard. En grandissant dans un quartier moyen où sa mère travaillait à plusieurs endroits à la
fois pour pouvoir payer la maison, l'épicerie et l'éducation de son fils unique, Jesse ne s'était pas posé de questions sur son père avant que les autres garçons de sa classe
le harcèlent à ce sujet. Ils voulaient savoir qui il était et ce
qu'il faisait dans la vie. C'est donc à l'âge de douze ans
que Jesse avait demandé à sa mère pourquoi elle n'avait
pas de mari.

Sans le ménager, Sherry Ridge lui avait raconté
qu'elle était tombée sous le charme de son père et que
celui-ci avait disparu dans la nature en apprenant qu'elle
était enceinte, l'obligeant à élever seule son enfant. La
révélation de cet abandon avait si profondément marqué
Jesse que lorsque sa mère avait tenté de lui révéler le nom
de son géniteur, il avait hurlé ne pas vouloir l'entendre et
avait pris la fuite.

Jesse se rappelait ce jour-là comme si c'était hier.
Il avait couru jusqu'à la plage et avait pleuré toutes les
larmes de son corps. À son retour à la maison, sa mère
était déjà partie pour son troisième travail et lui avait

laissé une note : « Ton sandwich est dans le réfrigérateur. Ne te couche pas trop tard. »

Ayant grandi avec une mère presque toujours absente, Jesse avait appris à se débrouiller très jeune. Il pouvait faire la cuisine, le lavage, le ménage et même payer les comptes, mais toute sa vie, il avait été hanté par l'égoïste qui les avait désertés.

Depuis qu'il avait quitté la maison, Sherry avait laissé tomber deux de ses emplois et ne travaillait plus que comme serveuse dans un petit restaurant sur le bord de la mer. Puisqu'elle avait un horaire de soir, il était certain de la trouver à la maison en plein jour.

Il stationna la Mustang directement devant la porte. Sa mère n'avait jamais possédé de voiture. Elle s'était toujours organisée pour travailler à quelques minutes à pied ou en autobus. Jesse prit une profonde inspiration et poussa la porte.

– Maman, est-ce que tu es là ?

Les cheveux en bataille, le peignoir mal refermé, Sherry sortit du couloir des chambres. Malgré la quarantaine, c'était encore une très jolie femme blonde aux yeux verts.

– Mais qu'est-ce que tu fais ici, toi ? s'étonna-t-elle. Tu m'as dit que tu partais en tournée.

– Elle a été reportée à plus tard en raison de problèmes techniques dont tu ne veux pas entendre parler.

– Alors, tu as décidé de rendre visite à ta vieille mère.

– J'avais besoin de te parler.

– Avec l'air sérieux que tu as, ce doit être grave.

Elle alla s'asseoir à la table de cuisine et s'alluma une cigarette.

– En veux-tu une ?

– Tu sais bien que je ne fume pas, répliqua-t-il.

– Vide-toi le cœur, mon ange.

– Je n'ai jamais voulu que tu me révèles qui était mon père, mais maintenant, j'aurais besoin de le savoir pour que mon âme soit en paix.

– Vingt ans plus tard ?

– Y a-t-il vraiment un bon moment pour apprendre la vérité ?

– Qu'est-ce qui te pousse à me le demander ?

– C'est difficile à expliquer.

– J'ai tout mon temps, Jesse.

Le musicien prit le temps d'organiser ses pensées avant de répondre.

– Quelqu'un t'a-t-il approché en disant qu'il était ton père ?

– C'est plus ou moins ça… As-tu regardé les nouvelles dernièrement ?

– Je le fais religieusement tous les jours. Alors, je me doute de ce que tu vas me dire.

– Simon Maccrie, un chanteur de métal à la retraite, est venu me poser des questions plutôt dérangeantes sur mes origines.

– C'est parce qu'on l'a retrouvé tout desséché dans le désert que ta conscience te torture ?

– Si c'était bien lui, mon père, alors elle risque de me tourmenter jusqu'à la fin de ma vie.

– Je ne comprends pas pourquoi c'est si important pour toi de l'apprendre. Tu as traversé toutes les étapes principales de la vie d'un jeune homme sans savoir qui t'a conçu. Tu t'es rendu par tes propres efforts jusqu'au contrat de disque dont tu rêvais.

– Quand on devient adulte, on ne voit plus les choses de la même manière.

– As-tu peur de devenir aussi étrange que lui?

– C'était donc bien Simon…

Sherry alla se chercher une bière avant de continuer à se livrer.

– Tu en veux une?

Jesse secoua la tête. Il avait envie d'avoir l'esprit lucide pour entendre son récit.

– Tu l'as rencontré après un concert?

– Pas exactement. Je travaillais dans un bar où le groupe s'est arrêté tard après une performance à Santa Monica. Ils avaient tous du plaisir, sauf lui. Assis dans son coin, il avalait son scotch, le regard perdu. Il n'y avait plus d'autres clients, alors je suis allée m'asseoir avec lui pour savoir s'il avait besoin de se confier. Il s'est mis à débiter des tas de trucs que je n'ai pas compris.

– Comme tout le reste de la planète.

– C'était un gars pas comme les autres dans son apparence et dans son langage, mais au fond de son cœur, j'ai senti la même souffrance qui afflige la plupart des piliers de bar. Alors, je l'ai laissé parler et j'ai accepté le verre qu'il me tendait. De fil en aiguille, je l'ai aidé à marcher jusqu'à la minifourgonnette du groupe et je l'ai consolé davantage, si tu vois ce que je veux dire.

– L'as-tu revu par la suite?

– Non, jamais.

– Tu as couché une seule fois avec lui et tu es tombée enceinte?

– Ouais… Il y a des femmes qui essaient toute leur vie d'avoir des enfants et qui n'y arrivent jamais. Mais moi, d'un seul coup.

– Lui as-tu appris que tu portais son bébé ?

– J'ai envoyé une lettre à son imprésario, parce que c'est la seule adresse que j'avais pu trouver, mais je n'ai jamais eu de réponse.

Jesse baissa la tête.

– Il ne sait pas ce qu'il a manqué, ajouta Sherry. J'ai élevé le plus beau garçon de toute la Californie. Tu as reçu une solide éducation et tu es poli. Ça ne se reflète pas toujours dans tes chansons, mais je sais bien que le rock doit respecter une certaine idéologie.

Le musicien renonça à lui avouer que la plupart de ses compositions sortaient tout droit de son cœur.

– Merci, maman.

– Sur une note plus gaie, est-ce que tu as enfin une petite amie ?

– Non. Je n'ai pas vraiment le temps de penser à ça !

– Mais moi, j'aimerais bien être grand-mère, un de ces jours.

– Ce n'est pas parce que j'ai enfin eu la chance de percer que je dois cesser de faire des efforts. Quand je me sentirai plus solide sur mon radeau, alors peut-être y ferai-je monter quelqu'un. Merci de m'avoir dit la vérité.

– Nous aurions pu avoir cette discussion bien avant si tu l'avais voulu.

– Je sais.

Jesse embrassa sa mère sur la joue et sortit de la maison. Complètement démoralisé, il grimpa dans sa voiture et se rendit sur le bord de l'océan. Il la gara dans le stationnement public et marcha sur le sable. Un vent frais balayait la plage. Il ne faisait pas aussi froid à Santa Monica que dans le nord de l'État, mais seuls les braves se risquaient dans l'eau.

Le guitariste s'assit au pied de la guérite du sauveteur et s'appuya contre l'une de ses pattes. C'était là où, enfant, Jesse se sentait en sécurité lorsque l'univers semblait s'être ligué contre lui. Il pouvait y rester des heures sans que personne vienne l'importuner.

Il ramena ses longues jambes contre sa poitrine et appuya le menton sur ses genoux. Il pouvait déjà sentir le sable s'infiltrer dans ses espadrilles, mais il s'en moquait. Il pensait à Simon, qu'il avait côtoyé pendant de longs mois à Tex-son. Pourquoi ne lui avait-il jamais rien dit ? « À mon âge, je n'ai plus besoin d'un père », tenta-t-il de se consoler.

— Où étais-tu quand j'ai eu besoin de toi ? murmura-t-il, d'une voix enrouée.

— Pas très loin derrière.

Jesse se releva sur ses genoux en se retournant et se retrouva face à Simon Maccrie !

— Tu ne peux pas être ici ! s'écria-t-il. Tu es mort !

— La mort n'est qu'une transition d'un univers à un autre, Jesse.

Il appuya la main sur sa poitrine et constata à son grand désarroi que le dieu du métal était bel et bien solide.

— Mais c'est impossible… Je t'ai vu à la morgue…

— Ce que tu as vu, c'est mon enveloppe charnelle, dont je n'ai plus aucune utilité.

— Je suis en train de perdre la raison…

— Ou d'ouvrir ton esprit. C'est ton choix.

Jesse regarda autour de lui. Un couple de personnes âgées marchait non loin en se tenant la main.

— Est-ce que vous voyez cet homme ? hurla le musicien en pointant le doigt vers Simon.

– Mais oui, répondit la femme. Est-ce qu'il vous menace?

– Vous le voyez? répéta Jesse pour s'en convaincre.

– Est-il vraiment nécessaire que tu fasses une scène? soupira Simon.

Les deux vieilles personnes hochèrent la tête pour confirmer que le défunt chanteur était bel et bien visible.

– Comment peux-tu encore être dans ce corps qui était tout ratatiné sur la civière du médecin légiste?

– Laisse-moi t'expliquer…

– Je t'en prie!

– Les gens qui meurent sans s'être préparés à l'ascension dans un autre plan d'existence n'ont plus de maîtrise sur leur âme. Elle est ballotée comme une feuille morte qui tombe sur une rivière fougueuse et elle est emportée si loin qu'elle ne peut plus revenir près de cet univers.

– C'est ce qui arrive à la majorité des gens, si je comprends bien.

– Il y en a une poignée qui s'accroche pour toutes sortes de raisons. Ce n'est pas tout le monde qui a envie de partir pour un monde meilleur.

– Comme toi, par exemple?

– Je ne suis pas un cas isolé. J'ai croisé un grand nombre de moines tibétains qui sont dans la même situation que moi. Nous avons choisi d'être libres après la mort.

– Libres de quoi?

– Des souffrances physiques, des tourments moraux, de l'obligation de boire, de manger, de dormir. Nous pouvons aller où bon nous semble en l'espace d'une seconde et les éléments ne nous atteignent plus.

– Tu as un frère jumeau et c'est lui que l'on a retrouvé dans le désert, c'est ça ?

– Jesse, tu n'écoutes pas ce que je te dis.

– Je t'entends, mais je ne comprends pas comment c'est possible !

– J'attendrai donc que tu te sois calmé avant de t'expliquer ce que je suis.

– Oh non ! Tu ne vas pas encore me quitter brusquement comme l'autre jour. Moi, ce que j'ai besoin de savoir, c'est si tu connaissais notre lien de sang lorsque tu m'as rencontré la première fois à Tex-son.

– Je savais déjà tout.

– Pourquoi ne m'as-tu rien dit ? hurla Jesse, fou de colère.

– Tu n'étais pas prêt à l'entendre.

– Il a fallu que tu meures pour que je le sache.

– Je comprends ta colère.

– Non ! Tu ne peux pas savoir ce que j'ai vécu et ce que j'ai ressenti !

Croyant que Jesse était aux prises avec un maniaque, les deux personnes âgées avaient averti un policier sur la promenade.

– Eh vous, là-bas ! lança le patrouilleur. Est-ce que ça va ?

– Oui, monsieur l'officier, répondit le musicien, qui tremblait de tous ses membres. Je suis désolé d'avoir élevé la voix.

– Vous me semblez souffrant.

– Je viens d'apprendre que mon père est mort…

Des larmes coulaient abondamment sur le visage blême de Jesse.

– Toutes mes condoléances, monsieur.

Comme Jesse s'y attendait, Simon s'était volatilisé. Alors, il se leva et marcha jusqu'à sa voiture, les mains enfouies dans les poches de son veston de denim.

Afin de permettre à sa nouvelle épouse de voir ses enfants quelques heures durant les fêtes de Noël, Jippy avait demandé au promoteur de la tournée de faire chanter Jillian à Los Angeles, puis il avait confié à Hayden le mandat d'organiser le transport des jeunes Sarzo jusqu'au centre sportif où leur mère se produisait en spectacle. N'ayant rien de mieux à faire, Hayden les accompagna dans la limousine.

– Apparemment, vos parents vous ont préparé des surprises, fit le bras droit de Jippy pour calmer les appréhensions de Joey qui sautillait sur son siège.

– Ça fait longtemps que je veux voir un concert ailleurs que sur un écran de télévision, répondit le jeune musicien.

– Est-ce que vous connaissez le répertoire de votre mère ?

– Lui, oui, répondit Joey en pointant son frère. Il a écrit presque toutes ses chansons.

– Mais Joey m'a aidé pour les partitions de guitare, répliqua Jeff.

– Moi, je n'ai rien à voir là-dedans, ajouta Rachel.

– Merveilleux, murmura Hayden.

Il fit sortir ses trois protégés de la voiture à la porte des artistes et les dirigea vers la loge de Jillian.

– Joyeux Noël, mes anges ! s'exclama la chanteuse en étreignant ses enfants.

– Nous ne savions pas quoi vous offrir, alors nous vous avons invités à notre concert, ajouta Jippy, visiblement en très grande forme.

– C'est ça, les surprises ? s'étonna Joey.

– Il y en a pour tout le monde, ce soir. Ce sera magique.

– Sommes-nous dans la première rangée ? s'enquit Rachel.

– Non, ma chérie, répondit Jillian. Nous préférons que vous assistiez au spectacle à partir de la coulisse.

– De toute façon, dans la première rangée, on risquerait de se faire écraser par les fans en délire de maman, expliqua Jeff.

– Nous allons nous mettre en route dans quelques minutes, car la première partie risque de vous intéresser.

Après les dernières retouches aux cheveux et au maquillage de Jillian, la famille longea le couloir sous l'œil vigilant du personnel de sécurité. On avait installé des sièges sur le côté jardin de la scène et Jippy s'assura lui-même que tout le monde était confortablement assis. Les lumières de la vaste salle s'éteignirent brusquement, provoquant un tonnerre d'applaudissements et de cris hystériques. Dans le noir, les membres du jeune groupe chargé de réchauffer l'auditoire se rendirent derrière leurs instruments.

– Un, deux, trois, quatre ! cria le batteur.

Tous les projecteurs s'allumèrent en même temps et la musique explosa dans le centre sportif. Tandis que ses yeux s'habituaient à la lumière éblouissante, Hayden écouta les progressions d'accords des guitares et la voix de la chanteuse. Celle-ci lui sembla étrangement familière. Ce ne fut que lorsqu'elle recula de quelques pas afin de soutenir le rythme sur sa Gibson, tandis que l'autre guitariste s'élançait dans le solo, que Hayden reconnut finalement la jeune artiste.

– Katia ? s'étrangla-t-il.

Derrière le pauvre père désarçonné, Jippy avait éclaté de rire. Hayden fut bien forcé de reconnaître, après les premières chansons, que sa fille alliait le potentiel de son sang Roe et de son sang Wade. « Mais quand et où a-t-elle eu le temps de préparer ce concert ? » se demanda-t-il. Sans doute au club-house… mais à son insu ? Le spectacle dura environ quarante-cinq minutes. Les musiciens saluèrent le public, puis foncèrent vers la coulisse. Katia décocha à son père un regard moqueur, mais ne s'arrêta pas devant lui. Elle poursuivit plutôt sa route et tapa dans la main ouverte de son grand-père.

La batterie fut rapidement démontée par les machinistes, tandis que d'autres commençaient à installer celle du groupe de Jillian. Lorsque les guitares furent installées sur leur support et que le piano fut poussé au centre de la scène, la mère embrassa ses trois enfants et leur répéta qu'elle était ravie qu'ils soient là.

Pour la deuxième fois, le centre sportif fut jeté dans l'obscurité. La musique moins endiablée et décidément plus sensuelle de Jillian Sarzo envoûta aussitôt l'auditoire. Jeff chanta tout bas les premières chansons en même temps qu'elle, alors que Joey étudiait le jeu de Jippy. Rachel, pour sa part, espérait que le concert ne se terminerait pas trop tard, puisqu'elle avait une leçon d'équitation tôt le lendemain matin.

Jippy s'approcha du micro après la quatrième chanson, donnant quelques minutes de répit à sa femme qui en profita pour boire de l'eau.

– Ce soir, j'ai le bonheur de jouer devant vous avec la femme de ma vie, commença-t-il.

Il dut attendre que le tonnerre d'applaudissements se calme avant de continuer son discours.

– Mieux encore, à l'occasion des fêtes de Noël, qui sont, comme vous le savez, le moment de l'année où les familles se réunissent, j'ai convié mes plus jeunes enfants à ce concert.

Des cris de joie s'élevèrent du public.

– Il y a une chanson du répertoire de leur mère que ces petits prodiges connaissent tous les trois. Alors, je les invite donc à nous rejoindre sur la scène. Jeff, Joey, Rachel, par ici, je vous prie.

– Moi ? s'étonna la benjamine.

Voyant que ni son frère ni sa sœur ne se levait, Jeff les saisit par le bras et les traîna jusqu'à Jippy. Les seules fois où Rachel avait joué en public, c'était lors des petits récitals que sa mère organisait pour les parents de ses élèves de piano, et ce n'était certainement pas devant dix-huit mille personnes ! Les joues rouges de timidité, elle avait du mal à lever le regard du plancher.

Jeff, qui avait assisté à quelques prestations de sa mère dans les clubs de San Francisco, semblait très à l'aise devant tous ces yeux qui le dévoraient. Joey ne savait plus ce qu'il ressentait. Il aimait cette attention qu'il recevait tout à coup, lui qui vivait enfermé dans une grande maison au milieu du désert. Mais, en même temps, il éprouvait un intense désir de montrer à tous ces gens ce qu'il savait faire.

– Rachel, notre bébé, accompagnera sa mère au piano.

Le visage écarlate, la jeune fille s'installa rapidement sur le banc du piano pour échapper aux commentaires que pourrait ajouter son père adoptif.

– Jeff le fera à la basse…

Le jeune homme accepta l'instrument que lui présentait le machiniste et passa la courroie par-dessus sa tête.

– … et Joey, à la guitare.

Le regard affolé de son cadet fit sourire Jippy. Il s'approcha du jeune homme, tapota son épaule avec amitié et lui offrit même son plectre.

– Inspire à t'en remplir les poumons, puis expire lentement, recommanda le vétéran.

Joey obtempéra en le fixant droit dans les yeux.

– Laisse-toi aller.

Jillian fit signe au batteur qu'elle était prête à commencer. Il donna donc le compte et Jippy se mit à jouer les accords. Reconnaissant la chanson, Rachel s'y mit également. Jeff en fit autant. Immobile comme une statue, Joey ferma les yeux et plongea au plus profond de son être afin d'y puiser cette force qui propulsait les musiciens jusqu'aux étoiles. Ses doigts se placèrent intuitivement entre les bonnes frettes et il cessa de penser. Le plus grand talent de Joey résidait dans sa facilité à exécuter de superbes solos, peu importe le genre de musique qu'on lui présentait.

Jippy se contenta de jouer l'accompagnement pendant que Jillian chantait cette composition de Jeff et que Joey laissait parler son cœur. En jouant sa dernière note, le jeune guitariste fut secoué par un spasme, ce qui fit comprendre à son père adoptif qu'il venait de sortir de la transe qu'il avait si souvent ressentie lui-même lorsqu'il jouait avec TGW.

– J'accepte de libérer Rachel, car nous allons vous servir du bon vieux rock'n roll! annonça ensuite Jippy dans le micro.

La jeune fille ne se fit pas prier. Elle regagna la coulisse en courant. En constatant son soulagement, Jippy se rappela qu'elle était la seule des enfants de Jillian dont le père n'avait pas été musicien. En fait, la petite n'avait appris le piano que pour faire plaisir à sa mère.

– Mais je garde les garçons!

Les chansons suivantes alternèrent entre celles de Jillian et de TGW. Petit à petit, Joey se détendait. Au lieu de rester planté sur la scène, il commença à bouger, marchant d'abord de gauche à droite, puis s'approcha même du micro pour chanter les chœurs. Une fois encore, Jippy le laissa jouer tous les solos, content de voir que le jeune homme était de plus en plus à l'aise.

Après quatre rappels, Jippy poussa tout le monde dans le couloir. Trempés de la tête aux pieds, Jeff et Joey se réjouirent en recevant des vêtements tout neufs de la part de leur mère. Ils filèrent sous la douche et réapparurent quelques minutes plus tard.

– Si on ne s'était pas lavés, personne n'aurait supporté notre odeur sur le chemin du retour, plaisanta Jeff, ses cheveux auburn plaqués sur le crâne.

– On aurait ouvert les fenêtres, répliqua Rachel.

Jippy conduisit tout le monde dans la limousine, y compris Katia, et les emmena dans un restaurant où il avait réservé un petit salon privé.

– Je ne savais pas que tu avais autant de talent, fit Jeff à Katia.

– C'est difficile de ne pas en avoir avec le sang qui coule dans mes veines, rétorqua-t-elle avec un air hautain.

Hayden se contenta de lever les yeux de son assiette. Il attendrait d'être seul avec sa fille pour lui faire ses commentaires.

– C'était vraiment électrisant de jouer devant autant de monde, poursuivit Jeff, enchanté de sa soirée.

– Parle pour toi, grommela Rachel. Ne me faites plus jamais ça.

Joey tenait sa fourchette à la main, mais il ne bougeait pas. Ses grands yeux bleus ne regardaient nulle part.

– Mon chéri, est-ce que ça va ? s'inquiéta Jillian.

– Je me suis trompé dans *Born to rock*, murmura-t-il, déçu.

– Ce devait être une petite erreur de rien du tout, commenta Jeff, parce que je l'aurais remarquée, autrement.

– Tu as été sensationnel, renchérit Jippy.

– Ce n'était pas comme en studio, poursuivit Joey, encore sous le choc. Là je ne jouais plus juste pour moi.

– Mais sur quelle planète est-ce que tu vis, toi ? s'exclama Jeff. Les musiciens qui gagnent leur vie avec leurs compositions n'abattent tout ce travail que pour le présenter à leurs fans.

– C'est une sensation vraiment étrange.

Joey se mit à manger en baissant les yeux.

– En tout cas, pour ma part, tu m'as épatée, avoua Katia, et je ne suis pas facile à impressionner.

De nouveau enfermé dans sa bulle, Joey ne réagit à aucun des compliments qu'on lui faisait. Il picora dans son assiette et but de l'eau plutôt que du vin comme les autres.

Jippy offrit ensuite à tout le monde une chaînette en or à laquelle pendait un petit éclair où étaient gravées les lettres « T » et « S ».

– Tex-son! s'exclama Jeff, qui comprit le premier ce que signifiait l'inscription.

– Très bien pensé, acquiesça Hayden.

– Nous devons nous remettre bientôt en route, annonça Jippy, car nous jouons à San Francisco, demain. Hayden va s'occuper de vous.

Après les interminables câlins que Jillian donna à ses enfants, Hayden ramena ceux-ci jusqu'à la limousine, tandis que l'autobus de tournée venait cueillir les parents.

– Soyez sages! lança Jillian tandis que les jeunes montaient dans la grande voiture.

Katia s'installa entre les deux garçons, car elle était plus à l'aise en compagnie des hommes que des femmes. Devant elle, Rachel était en train de s'endormir, la joue appuyée contre l'épaule de Hayden.

– C'est le plus beau Noël de toute ma vie! s'exclama Jeff, comblé.

– Moi, je ne me rappelle plus tellement les autres… avoua Joey, troublé.

– On occulte souvent ce qui nous laisse un amer souvenir, tenta de le rassurer Hayden.

– J'aimais bien Noël quand j'étais petite, confia Katia, mais en grandissant, c'est devenu de plus en plus monotone. Je ne suis tout simplement pas faite pour les événements familiaux, on dirait.

Hayden était d'accord, mais il se garda de le mentionner. Depuis quelques années, son épouse préférait passer ce congé avec sa mère à Los Angeles. Au début, elle emmenait Katia, mais l'adolescente avait rapidement fait savoir à ses parents qu'elle préférait fêter avec ses amis.

— Noël, chez nous, c'était bien, murmura Joey, songeur.

— On recevait juste un cadeau chacun, se rappela Rachel, mais on avait le droit de se coucher très tard.

Joey demeura silencieux tandis que son frère et sa sœur échangeaient leurs souvenirs de ce jour que Jillian tenait à célébrer tous les ans. Hayden les reconduisit au manoir de Jippy avant de rentrer chez lui. Jeff laissa passer les plus jeunes devant lui et verrouilla la porte. Avant d'aller se coucher, il jeta un œil dans la chambre de Joey. Ce dernier était assis sur son lit devant la dernière photo de la famille qui avait été prise avant la mort de Joaquin Sarzo.

— Tu n'aimes pas ta nouvelle vie, Joey? se désola Jeff.

— Nous étions tous ensemble, à Noël…

— Même Jippy Wade a besoin de gagner sa vie, tu sais. Tout ce que nous avons aujourd'hui, il a dû le gagner à la sueur de son front.

Joey enleva ses bottes sans répliquer. Jeff referma doucement la porte en se disant que le lendemain, son frère serait sans doute de meilleure humeur.

Au même moment, la limousine venait de laisser descendre Hayden et Katia chez eux.

— Tu me caches de plus en plus de choses, fit le père en ouvrant la porte principale du manoir.

— Nous avons tous droit à notre vie privée, n'est-ce pas, papa?

Elle passa devant lui, la tête haute.

— Qu'est-ce que tu insinues? se hérissa-t-il en la suivant à l'intérieur.

– Maman te fait bien trop confiance.

Le visage de Hayden se durcit davantage.

– Avant de porter des accusations, il faut avoir des preuves solides, Katia.

– Crois-tu vraiment que je ne sais rien de tes petites sorties avec les jolies filles qui chantent au *Pop Songs*?

– Crois-tu vraiment que ta mère passe Noël chez ta grand-mère?

Hayden planta son regard incisif dans celui de sa fille avant de grimper l'escalier. Katia avait toujours soupçonné son père d'avoir des liaisons secrètes, mais Tasha? Une fois le choc passé, la jeune fille regagna sa chambre et composa le numéro de Talia Roberts.

– Joyeux Noël, grand-maman! fit-elle en dissimulant son appréhension.

– Katia? Ça fait bien longtemps que tu ne m'as pas téléphoné pour les fêtes.

– Quand on est petit, on ne pense qu'à son propre nombril. Je suis une adolescente, maintenant.

– Je croyais que c'était encore pire à cet âge-là.

– Je t'assure qu'on devient beaucoup plus conscient de ce qui se passe autour de nous. Est-ce que je pourrais parler à ma mère?

– Mais elle n'est pas ici, mon ange.

– Je pensais qu'elle passait le congé chez toi…

– Cette année, elle est allée au Mexique. Tu n'es pas au courant?

– Papa me l'a sans doute mentionné, mais j'ai passé beaucoup de temps en répétition pour un concert, alors j'ai dû l'oublier.

– Je suis désolée que tu l'apprennes ainsi, Katia.

– Est-elle partie seule?

Le silence de sa grand-mère remplit la jeune fille d'effroi.

– Tu n'en sais rien ou tu ne veux pas me le dire ?

– Je préférerais qu'elle t'en parle elle-même.

– Sais-tu où je peux la joindre ?

– Non, ma chérie.

– Alors, paix, santé et harmonie, grand-maman.

Katia raccrocha avant que Talia puisse répliquer. Elle resta un long moment assise sur son lit à se demander ce qui lui arrivait. Toute sa vie, elle s'était doutée que son père entretenait des relations avec d'autres femmes, mais elle avait cru que sa mère restait sagement à la maison en se fermant volontairement les yeux.

– Mais où a-t-elle pu rencontrer un autre homme ? s'étonna Katia.

Elle repassa mentalement les quelques activités de Tasha. Une seule hypothèse lui parut plausible.

– C'est sûrement son coach de tennis !

Se promettant de faire subir à sa mère un interroga-toire en règle dès son retour à Kennenika, Katia fila sous la douche.

Après l'histoire du cadenas, le calme était enfin revenu dans l'autobus de tournée d'Arial. Pour s'assurer
que la trêve dure jusqu'à la fin des concerts, Dave Lynch
insistait pour que Kevin reste dans le fond du véhicule
et Mick à l'avant. Les guitaristes étaient assis au centre
et Rudy avait finalement accepté de tenir plus souvent
compagnie au batteur rebelle. Ils s'étaient découvert une
passion commune pour le Scrabble, même si Mick avait
tendance à inventer des mots abracadabrants.

Kevin passait plutôt son temps à méditer dans son
coin, son but étant de contacter son défunt père dans
l'au-delà. Ce n'était pas une mince affaire de libérer
son esprit tandis que l'autobus ballottait ses occupants
en tous sens pendant des heures. Mais Kevin refusait
de se décourager : il avait besoin de son père. Son frère
Hayden était la seule personne qui prenait régulièrement
des nouvelles de lui. Toutefois, ces derniers temps, il avait
cessé de l'appeler. Sa mère, quant à elle, ne lui avait donné
aucun signe de vie depuis qu'elle était retournée dans sa
famille en Sicile. Le dieu du métal ressentait une grande
solitude qu'il ne savait pas comment combler.

Rik et Dave occupaient plutôt leur temps à composer
de nouvelles chansons pour Arial. Bien que toutes aussi
rythmées et envoûtantes, elles devenaient cependant de

moins en moins sombres que celles qu'écrivait Simon Maccrie et parlaient davantage de rivalités humaines et de sentiments conflictuels.

Toute la bande accueillit le climat de la Floride avec soulagement lorsque l'autobus les déposa à l'hôtel à Orlando. Au lieu d'aller se reposer, Kevin grimpa dans le camion avec Eddy Thompson et se rendit à la salle de concert. Il aimait s'imprégner de l'atmosphère de chaque endroit où il donnait un spectacle. Tandis que les machinistes montaient la scène, il se promena dans les gradins.

– Kev! l'appela alors Eddy, tout en bas. Il y a une journaliste qui aimerait t'interviewer!

Habituellement, le chanteur refusait de donner des entrevues avant les concerts, mais ce jour-là, à la grande stupéfaction du directeur, il descendit les paliers avec un sourire.

– Où est-elle?

– Je l'ai fait installer dans ta loge en attendant ta décision.

– Merci, Eddy.

Les cheveux attachés sur la nuque, en jean serré, espadrilles et pull-over en coton molletonné blanc sur lequel était écrit I LOVE NEW YORK, Kevin ne ressemblait pas du tout aux photos qu'on publiait de lui dans les magazines. Il remonta le couloir en saluant le personnel de tournée au passage, puis poussa la porte sur laquelle on avait collé son nom.

La jeune femme qui l'attendait était assise sur le divan, une tablette de papier sur les genoux et un stylo à la main. Elle leva la tête de ses notes en entendant grincer les gonds.

– Monsieur Roe, c'est un plaisir de vous rencontrer, fit-elle en se levant et en lui tendant la main.

Kevin la serra avec timidité.

– Je m'appelle Faye Edwards et je suis reporter pour le *Sunshine State Music Scene*. Je vous remercie de prendre quelques minutes pour répondre à mes questions.

– Ça fait partie de mon travail, assura le musicien en approchant un fauteuil du divan.

– Votre voix est étonnamment douce pour un homme qui chante du métal.

– Ah bon…

– J'ai réussi à obtenir quelques renseignements à votre sujet en appelant en Californie, mais ils ne sont pas suffisants pour faire un article intéressant.

– Tout dépend de l'angle que vous désirez lui donner.

– Je ne veux pas imiter mes collègues qui font l'éloge de vos prouesses sur scène. J'aimerais plutôt faire découvrir à vos admirateurs l'homme qui se trouve derrière le masque.

– Le masque ? répéta Kevin, amusé.

– Toutes les célébrités ont une double identité.

Tandis qu'elle fouillait dans ses documents, Kevin examina le visage de Faye. Elle était sûrement à la fin de la vingtaine sinon dans la trentaine, car ses traits affichaient une grande maturité. Ses cheveux blonds dépassaient à peine ses épaules et ils n'étaient pas coiffés à la dernière mode. Ses yeux bleus étaient à peine maquillés. Dans son cou pendait une chaînette en or avec un médaillon en forme de tortue. Elle portait un tailleur gris et des chaussures de cuir confortables.

– Vous êtes né à New York, le 7 avril 1960.

– C'est exact.

– Vous êtes le plus jeune fils de Keith Roe et Suzi Volpino, frère d'Hayden et d'Ian.

– Toujours exact.

– Simon Maccrie a été votre mentor et il vous a légué son groupe.

Kevin jugea inutile de lui dire qu'il était toujours conseillé par le dieu du métal.

– Vous avez dû être perturbé en apprenant sa mort.

Le chanteur pencha la tête sur le côté en plissant le front.

– Vous n'étiez pas au courant? s'étonna Faye.

– Non… Les membres de mon groupe ont la fâcheuse habitude de me ménager. Quand est-ce arrivé?

– Il y a quelques jours à peine. Son corps déshydraté a été retrouvé dans le désert.

– Il s'y rendait souvent pour méditer…

– Je suis vraiment désolée, monsieur Roe.

– Nous nous doutions que ça finirait par arriver. Il parlait constamment de son passage dans l'autre monde. Pour répondre à votre question, oui, ça me trouble beaucoup, mais je m'y attendais un peu.

– Sentez-vous que vous évoluez dans l'ombre des illustres membres de votre famille?

– Pas du tout. Sans doute parce que mon style de musique est différent.

– Vous êtes l'homme le plus adulé de toute la planète, mais dans votre vie personnelle, vous êtes complètement seul.

Cette déclaration planta un poignard dans le cœur de Kevin. Ses yeux se remplirent de larmes tandis qu'il se levait.

– Je vous prie de m'excuser, murmura-t-il, la gorge serrée.

Il tourna les talons et quitta la loge. Faye bondit de son siège et le pourchassa dans le couloir.

– Monsieur Roe, je vous en prie, attendez.

D'un signe de la main, Kevin, sans se retourner, lui fit signe de ne pas le talonner. La journaliste s'arrêta, découragée. Au lieu de le suivre, elle alla s'asseoir dans les gradins pour l'observer de loin. Le dieu du métal avait appuyé les mains sur le bord de la scène, dont la construction avançait rapidement. La tête baissée, il ne bougeait pas. Son équipe était sans doute habituée à son comportement marginal, car personne ne s'occupait de lui. Faye essaya de deviner ce qui se passait dans la tête de cette grande vedette du rock.

Kevin n'était pas encore marié. Pourtant, tout comme ses frères, il était très beau garçon. Des articles de magazine, qui remontaient à quelques années, prétendaient qu'il avait été foudroyé par la mort de son père et qu'il avait même sombré dans le coma. Des reportages plus récents indiquaient que sa mère, incapable d'accepter le décès subit de Keith, était partie en Europe pour vivre son deuil. Puisque Hayden et Ian avaient tous les deux une femme et des enfants, leur petit frère habitait seul le grand manoir dont il avait hérité. Mais était-ce bien par choix ?

Lorsque tous les raccordements électriques furent terminés, Eddy invita Kevin à faire les tests de voix. Celui-ci grimpa sur les planches et s'approcha du micro. Faye s'étonna de la transformation qui s'opérait dans cet homme dès qu'il passait de la coulisse à la scène.

« Docteur Jekyll et Mr. Hyde », songea-t-elle. Il chanta ses chansons les plus aimées *a capella*, les yeux fermés.

Un machiniste lui apporta alors un sac de papier brun et Faye se douta qu'il s'agissait de son repas. Elle emboîta le pas au chanteur et prit une profonde respiration avant de frapper à la porte de sa loge.

– Entrez, entendit-elle.

Le ton de Kevin était ennuyé, mais elle tenait vraiment à s'excuser de l'avoir blessé. Elle poussa la porte et le trouva assis sur le divan. Sur la table basse devant lui étaient alignés de petits pots de produits étranges.

– Je voulais vous dire, avant de partir, que je suis navrée de vous avoir fait de la peine.

– Venez vous asseoir.

Faye ne se fit pas prier.

– Pas de frites ni de hamburger ? le taquina-t-elle.

– Non, pas pour moi.

– Qu'est-ce que c'est ?

– De la nourriture biologique.

– On dirait de la gelée pour les astronautes…

– Si c'est ce qu'ils mangent, alors ils se nourrissent bien, car ces produits ne contiennent aucun pesticide. Il s'agit de purée de différents légumes et de yogourt.

– Pas de viande ? s'étonna Faye.

– Je n'en mange plus depuis bien longtemps.

– Parce que vous y êtes allergique ?

– Non, par choix. La chair d'un animal mort dans la terreur finit par contaminer notre âme et nous rendre malade.

Elle pointa la bouteille de liquide vert.

– Et ça ?

– C'est une boisson énergisante à base d'algues.

– Vous vous alimentez toujours de cette façon, en tournée ?

– Oui et aussi dans ma vie de tous les jours. C'est la seule façon de rester en santé dans le monde moderne.

Faye se tordit les doigts de nervosité.

– Tout à l'heure, mon commentaire n'était qu'une observation.

– Elle est malheureusement très juste.

– Puis-je vous poser quelques questions personnelles ?

– Pas si les réponses vont se retrouver dans votre magazine.

– C'est strictement pour satisfaire ma curiosité et me permettre de mieux vous connaître avant de rédiger mon article.

Kevin avala une gorgée du liquide verdâtre.

– Je me réserve le droit de répondre ou pas.

– Ça me va. J'aimerais savoir pourquoi vous n'êtes pas marié.

– Sans doute parce que les seules femmes que je vois depuis que je suis en âge de prendre épouse sont des groupies qui s'intéressent à mon personnage plutôt qu'à moi.

– Êtes-vous homosexuel ?

– Non, affirma-t-il avec un sourire amusé. Je ne suis tout simplement pas dans une position favorable pour rencontrer mon âme sœur.

– Vous croyez à cette invention du mouvement nouvel âge ?

– Je ne connais pas cette philosophie. Je suis seulement convaincu que pour chaque personne sur cette planète, il existe quelqu'un de complémentaire.

– Êtes-vous persuadé qu'elle se présentera un jour dans votre vie comme par enchantement ?

– C'est cette certitude qui me fait tenir le coup lorsque je ne suis pas en tournée.

– Il est difficile de croire que parmi vos millions d'admiratrices, il n'y ait pas quelqu'un qui soit fait pour vous.

– Je ne les ai pas toutes fréquentées personnellement.

Faye voulut ensuite savoir quelles relations il entretenait avec sa famille, puis avec ses musiciens.

– Je n'ai aucune nouvelle de ma mère et je vois plus souvent Hayden qu'Ian. Ils ont de grands enfants qui les occupent beaucoup en ce moment. En ce qui concerne Arial, j'ai plus d'affinités avec Dave qu'avec tous les autres, mais nous faisons ce qu'il faut pour maintenir l'harmonie dans le groupe.

– Marlon Stone vous manque-t-il ?

– Vous ne pouvez pas savoir à quel point. Marlon est un perpétuel rayon de soleil dans n'importe quelle situation. Il nous aidait à garder le moral, même quand tout allait très mal.

– Reviendra-t-il au sein d'Arial ?

– Je n'en sais rien. Les médecins lui ont demandé de rester tranquille pendant un long moment pour éviter une hémorragie au cerveau. Sa santé doit passer avant tout.

– J'ai remarqué que votre musique commençait à changer.

– Nous nous efforçons de jouer les compositions de Simon en spectacle, mais nous écrivons maintenant des chansons un peu plus adaptées à notre temps. Les dragons sont de plus en plus rares, de nos jours.

– Est-ce que je pourrais goûter à vos trucs santé ?

Kevin lui tendit une cuillère.

– C'est savoureux ! s'étonna Faye.

– Qui a dit que la nourriture biologique devait être fade ?

Il alla jusqu'à lui verser un peu de jus vert.

– Je vous avertis : vous ne serez peut-être pas capable de vous endormir avant trois heures du matin.

– Tant mieux, parce que j'ai l'intention d'assister au concert et de vous revoir tout de suite après pour recueillir vos impressions de la soirée.

On frappa alors à sa loge.

– Entrez ! lâcha Kevin.

– C'est juste pour te dire que les autres sont arrivés, fit le directeur de la tournée en passant la tête dans l'embrasure de la porte. Tu as deux heures pour t'échauffer.

– Merci, Eddy.

– Vous échauffer de quelle façon ? demanda Faye.

– Considérant le nombre de concerts que nous donnons chaque année, il serait désastreux que je ne protège pas mes cordes vocales, alors je les entraîne avant l'effort.

Kevin lui permit de rester pendant qu'il se mettait en condition pour sa performance, en l'avertissant toutefois qu'il devait se refermer sur lui-même pour faire un meilleur travail. Faye promit de rester muette comme une carpe et de ne le déconcentrer sous aucun prétexte.

Lorsqu'il se sentit prêt, le chanteur décrocha une housse du présentoir en métal où étaient suspendus ses vêtements. Il s'enferma dans la salle de bain et, lorsqu'il en ressortit, il était méconnaissable. Tout de noir vêtu, il portait un pantalon en spandex, des bottes de cuir souple, un t-shirt parsemé de petites étoiles et un veston de cuir orné de longues franges. Il avait également attaché un bandeau autour de sa tête, qui servirait surtout à éponger sa sueur durant le spectacle, et il avait détaché ses longs cheveux châtains.

– Je suis prêt, déclara-t-il.

Faye le suivit dans le corridor, aussi discrète que son ombre. Tous les membres de son équipe lui tapaient dans la main tandis qu'il se dirigeait vers la scène. Comme par enchantement, Kevin Roe était passé du timide jeune homme solitaire au puissant dieu du métal. Il alla se poster près de Dave Lynch qui lui frictionna le dos, comme un grand frère.

– En place, les gars, exigea le chef des machinistes.

Les membres d'Arial foncèrent dans le noir, au milieu des cris assourdissants de leurs fans. Faye se fraya une petite place entre deux gardiens de sécurité et sentit la fébrilité de la foule. L'explosion des pièces pyrotechniques déclencha un délire encore plus terrible. Les projecteurs s'allumèrent et les musiciens entamèrent la première pièce. Faye s'étonnait de ne pas apercevoir Kevin parmi eux… lorsque soudain, dans un rideau d'étincelles, elle le vit sauter par-dessus la tête du batteur, en grand écart, et atterrir souplement sur ses pieds juste à temps pour commencer la première pièce.

Les concerts d'Arial n'étaient jamais décevants. Kevin rendait justice aux chansons de Simon et il impressionnait tout le monde avec les nouvelles compositions du groupe. Son registre semblait n'avoir aucune limite et il était capable de chanter en dansant et en sautant partout.

À la fin du concert, les musiciens firent quelques rappels en jouant de vieux tubes de TGW et de groupes britanniques qui avaient permis à ce style musical de s'ancrer dans le cœur des amateurs de rock.

Kevin fila sous la douche et enfila des vêtements secs, puis il se rendit à la sortie des artistes, où des centaines d'admirateurs attendaient les musiciens. Faye demeura en retrait et l'observa tandis qu'il donnait des autographes et qu'il se laissait prendre en photo avec tout le monde. Il allait finalement monter dans l'autobus lorsqu'il aperçut la journaliste derrière la foule. Avec difficulté, il réussit à traverser cet océan de jeunes en délire, prit la main de Faye et l'entraîna avec lui jusqu'à l'intérieur du véhicule.

– Pourquoi il a le droit de se choisir une fille et pas nous ! protesta aussitôt Mick.

– C'est une journaliste qui fait un article sur lui, l'informa Dave. Laisse-les tranquilles.

Faye suivit Kevin jusqu'au fond de l'autobus.

– C'est le grand luxe, remarqua-t-elle.

– Pour pouvoir passer presque toute l'année en tournée, il nous faut un minimum de confort, expliqua le chanteur.

Il lui présenta le reste du groupe, à distance, et l'invita à prendre place dans les moelleux fauteuils.

– D'autres questions ? demanda Kevin.

– Une faveur, en fait. J'aimerais avoir ton numéro de téléphone.

– Au cas où tu aurais besoin de plus de détails ?

– Non…

Après s'être rapidement assurée que personne ne s'occupait d'eux, Faye s'approcha du chanteur et déposa un baiser prometteur sur ses lèvres.

À Tex-son, aucun groupe n'occupait les studios et même le patron était en tournée. Toujours à son poste à la réception, Amanda commençait à trouver le temps long, car Eddy, son mari, était sur la route lui aussi. Hayden faisait acte de présence au moins trois fois par semaine, mais il devait aussi se rendre à Los Angeles pour les enregistrements des émissions du *Pop Songs*. Le seul qui comprenait vraiment son ennui, c'était Marlon, qui venait régulièrement lui porter des biscuits, des tartes et des gâteaux qu'il avait faits avec sa nouvelle épouse, Pamela, ainsi que les romans les mieux cotés sur le palmarès.

Amanda passait donc ses journées à lire et à répondre au téléphone. Hayden lui avait donné congé la semaine de Noël, mais il n'y avait plus que les Stone et le groupe de Ridge à Kennenika. N'ayant plus de parents et sa seule sœur habitant au Massachusetts, elle s'était également mise au tricot.

Pour qu'elle ne soit pas seule à Noël, Marlon l'avait invitée à souper. Ayant aussi remarqué que Bryan August avait été abandonné par son groupe, il était également allé le chercher.

— Jesse n'est pas encore rentré ? s'étonna Marlon.

– Non et il n'a même pas appelé, lui apprit Bryan. Je ne sais pas où il est passé.

– Et les autres membres de Ridge ?

– Ils filent tous chez leurs petites amies quand ils en ont l'occasion. Je ne peux pas les blâmer, parce qu'ils ne les verront pas souvent quand nous serons enfin en tournée.

– S'ils ne réapparaissent pas cette semaine, tu tiendras compagnie à Amanda à Tex-son.

– Ce serait moins endormant qu'ici.

– Tu as raison, Bryan, l'appuya Marlon en déposant des tranches de dinde dans les assiettes. Il nous faut plus d'action à Kennenika. Nous pourrions organiser un tournoi d'échecs !

– Nous ne sommes que quatre.

– Et je ne sais pas jouer, ajouta Amanda.

– Mais les échecs sont importants dans la vie ! Comment se fait-il que tes parents ne t'aient jamais appris ce jeu ?

Amanda haussa les épaules.

– À quoi jouiez-vous ?

– Aux cartes…

– Quelle merveilleuse idée ! On s'y met tout de suite après le dessert.

La gentillesse de Marlon permit à Amanda de vivre des moments de bonheur pendant quelques jours, puis elle dut retourner au travail. Elle commença par noter les appels enregistrés sur le répondeur, puis se réjouit de voir arriver Hayden.

– Bonne année, lui dit le patron en l'embrassant sur la joue. Du nouveau ?

– Une dizaine de messages, répondit-elle en lui tendant les feuillets roses.

Hayden les parcourut rapidement.

– Rien qui ne puisse attendre Jippy. Je vais les porter sur son bureau. Avons-nous reçu du courrier?

Amanda lui pointa la boîte remplie de grosses enveloppes qui contenaient sans doute des démos de jeunes groupes désireux d'enregistrer leur premier album à Texson.

– Je crois bien pouvoir passer à travers avant le retour du patron, annonça Hayden, optimiste.

Il laissa la porte de son bureau ouverte pour que la secrétaire puisse entendre la musique. C'était de l'excellent matériel, mais la plupart des musiciens n'avaient rien de nouveau à offrir. Puisqu'il animait le *Pop Songs* chaque semaine, Hayden était parfaitement au courant de ce qui se faisait sur le marché. Découragé, il appuya sur le bouton d'arrêt du magnétophone et se cala dans son fauteuil.

Au même moment, une jeune femme entrait à la réception. Amanda se redressa sur sa chaise, intriguée. Puisque le studio d'enregistrement se trouvait dans le désert, les gens ne s'y arrêtaient pas souvent.

– Bonjour, madame, fit poliment l'étrangère.

Elle était toute mince et portait un ensemble en denim parsemé de paillettes, un blouson de dentelle blanche et des talons hauts. Ses cheveux frisés, deux fois plus larges qu'elle, lui atteignaient presque les fesses. Pire encore, ils étaient roses! «C'est sûrement une perruque», songea Amanda.

– Comment puis-je vous aider? demanda-t-elle.

– J'aimerais rencontrer monsieur Wade, s'il a un moment.

– Il est en tournée, mais monsieur Roe le remplace. Qui dois-je annoncer?

– Melody O'Connor. J'aimerais lui remettre mon démo en mains propres.

– J'imagine que vous savez déjà que Tex-son se spécialise en musique rock.

– C'est pour cette raison que je suis ici.

Amanda appuya sur le bouton de l'Intercom.

– Monsieur Roe, mademoiselle Melody O'Connor aimerait vous voir.

Hayden ne prit pas la peine de répondre. Il apparut plutôt à la porte de son bureau.

– C'est par ici, fit-il en examinant toutes les courbes de la jeune femme.

Elle se déhancha jusqu'au fauteuil que lui indiquait Hayden.

– Vous cherchez du travail?

– En fait, je suis la chanteuse d'un groupe de filles qui veut enregistrer son premier album. J'ai frappé à bien des portes, mais les maisons de disques que nous avons approchées n'acceptent de nous prendre que si nous changeons notre look et notre approche de la musique.

– Que jouez-vous?

Melody sortit une cassette quatre pistes de son sac à main en dentelle.

– Vous ne vous opposez pas à ce que nous l'écoutions ensemble?

– Rien ne me ferait plus plaisir.

Elle croisa ses longues jambes en décochant à Hayden un air de défi. Intrigué, le musicien s'empressa de placer la cassette dans le magnétophone. L'énergie qui se dégagea des premières secondes de l'enregistrement le stupéfia. Il resta planté sur place jusqu'à la fin de la première chanson et arrêta la machine.

– Il y a d'autres compositions sur cette bande, lui fit savoir Melody.

– Qui a écrit cette chanson ?

– Notre groupe, Naiad.

– Qui chante ?

– C'est moi, bien sûr.

Il était difficile de croire que cette voix puissante puisse appartenir à cette fragile créature…

– Qui sont les autres membres du groupe ?

– Rhapsodie Adams à la guitare solo, Symphonie Hart à la guitare d'accompagnement, Euphonie Jones à la basse et Harmonie Newman à la batterie.

– Ce sont vos vrais noms ? demanda Hayden, amusé.

– Évidemment.

Elle fouilla dans son sac à main et lui présenta son permis de conduire.

– Où avez-vous enregistré cette démo ?

– Dans le garage des parents de Rhapsodie.

– Et aucun autre musicien ne vous a donné un coup de pouce ?

– C'est incroyable que des filles puissent être aussi talentueuses, n'est-ce pas ?

Hayden écouta les quatre autres chansons, puis retourna s'asseoir derrière son bureau sans redonner la cassette à la jeune femme. «C'est bon signe», songea Melody.

– Je ne comprends pas ce que les autres studios vous reprochaient, répliqua Hayden.

– Certains voulaient garder notre musique telle quelle, à condition que nous portions du cuir noir comme les musiciens de rock. Les autres adoraient nos vêtements féminins, mais exigeaient que nous ne chantions que des ballades. Ce que nous cherchons, c'est une boîte qui va nous permettre d'être qui nous sommes et qui respectera notre talent musical.

– J'aime ce que j'entends sur cette cassette, mais il me manque des informations cruciales à votre sujet.

– Alors, il faudrait venir nous voir en spectacle.

– Où et quand ?

– Tous les soirs de la semaine, à Los Angeles, au Pollux. Vous connaissez ?

– Je sais où ça se trouve. Puisque je dois me rendre dans la cité des anges cette semaine, je me ferai un plaisir de m'y arrêter. Y a-t-il un numéro de téléphone où nous pouvons vous joindre, mademoiselle O'Connor ?

Elle lui remit un mouchoir de dentelle parfumé sur lequel elle avait écrit ses coordonnées au stylo. Jouant le jeu, au lieu de lui serrer la main, Hayden lui fit plutôt un baisemain.

– J'aime déjà cet endroit, lui dit Melody avec un sourire provocant.

Hayden la raccompagna à la porte et la regarda monter dans sa petite Fiero noire.

– Pensez-vous que les gens aimeront voir des filles jouer la même musique que les garçons ? lui demanda Amanda, toujours assise à son poste.

– Heureusement, les paroles sont plus féminines, lui fit remarquer Hayden en se retournant. Tex-son aime découvrir de nouveaux talents et le mot de passe, ici, c'est rock'n roll. Je vais pousser mon enquête plus loin.

Le lendemain matin, Hayden se préparait à partir pour Los Angeles lorsqu'il croisa sa femme qui rentrait de ses vacances au Mexique. Elle était toute bronzée et visiblement enchantée de son séjour.

— Katia ne t'a pas causé trop d'ennuis? demanda Tasha, sur ses gardes.

— Non, puisque je ne l'ai pratiquement pas vue durant ton absence.

— C'est ton devoir de père de veiller sur elle tant qu'elle ne sera pas majeure.

— Nous ferions mieux d'éviter une discussion sur les devoirs, tu ne crois pas? Je dois enregistrer quelques émissions aujourd'hui. Je ne sais pas à quelle heure je rentrerai.

Sans le moindre geste de tendresse envers sa femme, Hayden poursuivit son chemin jusqu'à sa voiture et quitta sa résidence. Tasha porta donc sa valise elle-même dans la maison et la tira dans l'escalier jusqu'à sa chambre.

— Maman? fit la voix de sa fille dans le couloir.

— Katia? s'étonna-t-elle. N'es-tu pas censée être à l'école?

— Mon réveil n'a pas sonné, expliqua l'adolescente en entrant dans la pièce.

— Ton père ne te réveille pas quand tu es en retard?

— On ne se parle pas vraiment.

Katia aida sa mère à soulever la valise pour la mettre sur le lit et s'assit un peu plus loin.

— Tu m'as dit que tu allais chez grand-maman Wade pendant le congé, laissa-t-elle tomber, sur un ton accusateur.

— Je me suis en effet arrêtée chez elle, puis je suis allée visiter des amis au Mexique.

— Des amis… ou un ami?

– Katia, ce que je fais de ma vie privée, c'est mon affaire.

– Quand on est marié et qu'on a un enfant, il me semble qu'il est inconvenant d'avoir une vie privée.

– C'est ton père qui met ces mots dans ta bouche ?

– Je t'ai dit qu'on ne se parlait pas. Et puis, s'il a décidé de se mettre des œillères, je ne suis pas obligée de faire la même chose.

Tasha se frictionna nerveusement les bras.

– Est-ce que tu as un amant ? demanda hardiment l'adolescente.

– Si j'en avais un, qu'est-ce que ça changerait ?

– Je me sentirais trahie.

La mère soupira et alla s'installer sur le lit près de Katia.

– Ma chérie, la seule raison pour laquelle ton père et moi sommes encore ensemble, c'est toi. Nous avons fait de gros efforts pour ne rien laisser paraître, mais nous avons cessé de nous aimer depuis un bon moment déjà.

– Mais quand vous vous êtes mariés, vous n'avez pas compris que c'était pour la vie ? Les gens qui ne veulent avoir que du plaisir ne se marient pas.

– Malheureusement, des conflits se produisent parfois dans un couple. Ta grand-mère ne pouvait plus vivre elle non plus avec ton grand-père et elle n'avait pas d'amant.

– Mais mes grands-parents Roe s'aimaient à en mourir, même après des centaines d'années ensemble !

– Je ne m'attends pas à ce que tu comprennes ces choses-là, à ton âge.

– Je suis peut-être jeune, mais je sais reconnaître des hypocrites quand j'en rencontre. Si vous ne pouvez plus vous supporter, séparez-vous, de grâce.

– Mais toi, là-dedans?

– Je vais suivre votre exemple, c'est certain. Je vais prendre un amant et je vais aller vivre avec lui.

– Tu as quinze ans.

– Seize dans un mois.

– Lorsque ton père reviendra de Los Angeles, nous en reparlerons tous les trois.

– Et vous pensez que je vais vous obéir après toutes ces années de duplicité?

– Si nous nous séparons, tu devras choisir si tu vivras avec Hayden ou avec moi.

– Pas question. Vous n'êtes plus dignes d'être mes parents.

Katia sauta du lit et sortit de la chambre d'un pas furieux. Tasha se cacha le visage dans les mains. C'était exactement ce genre de scène qu'elle avait voulu éviter, tant pour Hayden que pour elle.

Ignorant ce qui se passait chez lui, Hayden se rendit aux studios et enregistra les trois émissions qu'on lui demandait. Son talent et sa facilité d'adaptation faisaient de lui l'hôte idéal pour ce type de spectacle de variétés. Toutes les semaines, pendant une heure, il recevait des chanteurs, des chanteuses et des groupes de tous genres musicaux, qui avaient ainsi la chance de faire connaître leur plus grand succès au petit écran. Hayden lui-même interprétait les tubes des années passées.

Il lui arrivait parfois d'aller manger avec certains invités, mais même si son mariage était en péril, il avait fait bien attention de ne pas s'attacher à quelqu'un en particulier. Il avait donc eu plusieurs relations qui n'avaient jamais duré longtemps, parce qu'il refusait de s'engager une seconde fois.

C'était parce qu'il avait ressenti une forte attirance pour la belle Melody qu'il s'était dirigé vers le club en sortant des studios de télévision. Il était à peine vingt heures, alors il s'était arrêté dans un petit restaurant pour manger, puis avait marché jusqu'à l'établissement en question, qui existait déjà à l'époque où il jouait dans les bars avec Nico Wade. «Il faut tous commencer quelque part», songea-t-il en poussant la porte de l'endroit rempli de fumée.

Il trouva une table libre et commanda une bière, en se demandant si tous ces clients étaient là pour boire ou pour entendre jouer Naiad. Il eut sa réponse lorsqu'il vit les cinq filles sortir des toilettes pour s'installer derrière leurs instruments. Les quatre amies de Melody étaient tout aussi jolies qu'elle! Il fit alors appel à sa mémoire pour retrouver leurs noms.

Les rockeuses de Naiad jouèrent sans arrêt pendant deux heures, alternant leurs compositions avec des chansons connues. Les hommes sifflaient, tapaient dans leurs mains et leur lançaient des billets. Les filles ne leur accordaient aucune attention et réalisaient leur performance avec beaucoup de professionnalisme.

Lorsqu'elles s'arrêtèrent enfin, un homme plutôt ivre tituba jusqu'à la belle blonde derrière la batterie. Hayden s'étonna que le propriétaire du club ne fournisse pas aux rockeuses un ou deux gardes du corps. Il comprit en observant la scène que, finalement, ce n'était pas nécessaire. La musicienne fit reculer l'importun en plaçant sa main gantée de dentelle sur sa poitrine et en lui adressant quelques paroles avec un sourire, jusqu'à ce qu'il tombe assis sur une chaise. Une petite pression sur sa tempe lui fit instantanément perdre connaissance.

Melody avait aperçu Hayden pendant sa prestation, alors elle fit signe aux filles de la suivre. Sous les regards envieux des habitués du bar, elles prirent place à la table du bras droit de Jippy. Symphonie était la plus grande et ses cheveux, aussi volumineux que ceux de ses quatre amies, étaient platine. Euphonie, dont les cheveux étaient noirs comme la nuit, était la plus flirteuse. Sans même savoir qui était Hayden, elle s'était collée contre lui. Rhapsodie était la plus menue et certainement la plus jeune aussi. Ses longs cheveux roux frisés lui atteignaient les fesses. Pendant un moment, Hayden se demanda si elle était majeure. Harmonie était la blonde qui s'était si facilement débarrassée de son admirateur un peu trop insistant. Elle avait un visage d'ange qui cachait une incroyable force. Les cinq filles, en plus d'avoir la même crinière, portaient toutes des vêtements très féminins et plutôt provocants.

– Vous avez aimé ? demanda Melody en acceptant la bière que lui tendait le barman.

– Je suis impressionné qu'un groupe de filles arrive à produire une musique aussi vigoureuse.

– Impressionné dans le bon sens ou dans le mauvais sens ? se hérissa Rhapsodie.

– Assez pour vous proposer un contrat d'enregistrement.

Elles poussèrent des cris de joie si aigus qu'elles bouchèrent les tympans de la moitié des clients.

– Quand commence-t-on ? s'enquit Symphonie.

– Dès que vous serez disponibles, affirma Hayden. Nos studios sont libres en ce moment.

– Comment fait-on pour louer une petite maison à la sortie de l'autoroute ?

– La meilleure façon, c'est de vous adresser à Marlon Stone.

– Le batteur d'Arial ? s'étonna Harmonie.

– Le seul et unique. Il habite la maison la plus fleurie.

Les filles serrèrent la main d'Hayden et levèrent leur bière à sa santé.

Le lendemain du spectacle de Jillian à Los Angeles, Jeff Sarzo conduisit sa sœur à l'écurie de Derek Sands, où elle suivait des cours pour apprendre à soigner les chevaux. Il revint à la maison avec l'intention de déjeuner tranquillement. Il mangea et alla boire son café sur le bord de la rivière en faisant bien attention où il posait les pieds. Jippy leur avait raconté à plusieurs reprises que son ami Souï avait perdu la vie en marchant sur un serpent.

Il retourna à sa chambre et écrivit ses pensées dans son journal intime, puis se décida à aller réveiller son frère, afin de lui proposer une balade jusqu'à Palm Springs. Il frappa à sa porte pendant plusieurs minutes, puis, n'obtenant aucune réponse, se décida à entrer.

– Joey, il est presque midi. Allez, debout, fainéant.

Il ouvrit les rideaux et leva le store, mais quand il se retourna, il constata que le lit n'avait pas été défait. Intrigué, il alla jeter un coup d'œil dans la salle de bain. Joey n'y était pas non plus. Jeff chercha le cadet dans toute la maison sans le trouver. Il grimpa donc sur sa moto et se rendit à Tex-son.

– Bonjour, Amanda! lança-t-il en se présentant à la réception.

– Comment vas-tu, mon beau Jeff?

– À vrai dire, je suis un peu inquiet. Je ne trouve mon petit frère nulle part.

– Il n'est pas ici, si c'est ce que tu veux savoir. Il a peut-être décidé d'aller s'acheter quelque chose chez Leon.

– C'est possible. Je vais m'informer. Merci.

Lorsqu'il remonta sur la moto, Jeff commençait à paniquer. Il s'arrêta devant le magasin général. La pétarade de son moteur attira immédiatement le shérif de Kennenika.

– C'est quoi tout ce bruit ? lâcha Marlon en prenant son air le plus menaçant.

– Si tu ne portais pas du rose fluo, je te prendrais sans doute au sérieux, répliqua Jeff en examinant l'accoutrement du musicien en convalescence.

– L'habit ne fait pas le prêtre, tu sauras.

– C'est le moine, Marlon, pas le prêtre.

– C'est ce que j'ai dit.

Jeff secoua la tête en soupirant.

– Si ce sont des provisions que tu es venu chercher, je regrette de t'informer que tu t'es déplacé pour rien, mon petit cœur. Leon est parti dans sa famille. Il ne sera pas de retour avant quelques jours.

– Ça commence à devenir inquiétant.

– Mais je peux partager ce que j'ai avec toi.

– Je ne suis pas venu acheter quoi que ce soit, Marlon. Je cherche Joey.

– Ta petite peste de frère ?

– Il n'est ni à la maison, ni à O.K. Corral, ni à Texson.

– C'est peut-être lui que j'ai vu passer dans la rue, la nuit dernière…

– La nuit dernière ? s'effraya Jeff.

– En l'absence de lampadaires, je n'ai discerné qu'une silhouette : grande, mince, avec une touffe de cheveux plutôt impressionnante.

– Non… vers quelle heure ?

– Autour de deux heures du matin.

– Mais pourquoi aurait-il quitté la maison à une heure pareille ?

Jeff se mit à marcher en rond autour de sa moto.

– Pour aller voir sa petite amie ? tenta Marlon.

– Il n'en a pas.

– Pour faire la fête dans un club ?

– Il ne saurait même pas où aller.

Jeff s'arrêta net.

– Je vois une ampoule au-dessus de ta belle chevelure, déclara Marlon en écarquillant les yeux.

– Il est en route pour San Francisco !

– À pied ?

Le visage de Jeff passa de l'illumination à la colère.

– Je lui ai pourtant raconté ce qui est arrivé à John Specogna ! Joey n'a pas de tête sur les épaules !

– D'ici, il a deux choix : faire de l'autostop ou prendre l'autobus.

– Où se trouve le terminus ?

– À Palm Springs. Allez, laisse ton engin ici et monte avec moi. Ça ira plus vite si je t'y emmène. Et puis, je suis le shérif, alors les enquêtes, c'est mon domaine.

Jeff était si angoissé qu'il suivit Marlon sans poser de question. La vieille Thunderbird n'avait rien d'une voiture de patrouille, mais elle fila tout de même à vive allure. Les musiciens questionnèrent tout le monde dans la petite gare en plein désert. Jeff était dans un tel état de panique que l'un des préposés accepta de vérifier la liste des passagers de la veille.

– J'ai bien un Joey Sarzo, ici, affirma-t-il. Il a pris l'autobus en direction de San Francisco à cinq heures, ce matin.

– Je le savais! s'exclama le grand frère.

– Votre chauffeur vous appelle-t-il lors de ses pauses? s'enquit Marlon.

– Seulement s'il éprouve des difficultés.

– Pouvez-vous le joindre?

– Malheureusement, à cette heure-ci, il est déjà en route pour la dernière partie du trajet. Je pourrais toutefois prévenir le terminus de San Francisco. Voulez-vous que votre frère soit intercepté?

– Oui, répondit Jeff. Entre-temps, je vais avertir ma mère, qui se trouve là-bas, pour qu'elle le récupère.

Jeff écrivit son nom et son numéro de téléphone sur un bout de papier et le remit au préposé.

– N'hésitez pas à m'appeler, ajouta-t-il.

Il rentra à Kennenika avec Marlon en se rongeant les ongles.

– J'aurais dû me douter qu'il ferait quelque chose de stupide après qu'il m'a dit hier soir que nos Noëls d'autrefois lui manquaient, confessa Jeff.

– Il a l'habitude de fuguer?

– Non. C'est la première fois. J'espère qu'il aura suffisamment peur pour ne pas recommencer.

Marlon reconduisit le jeune homme chez lui en lui promettant de le ramener au village plus tard afin qu'il puisse récupérer sa moto. Jeff appela à l'hôtel où Jillian devait s'arrêter avant le concert et laissa un message urgent, puis il recommença à tourner en rond dans le salon.

– Arrête ! Tu me donnes mal à la tête.

– C'est à moi que ma mère a demandé de veiller sur les plus jeunes.

– Elle comprendra que la petite peste a échappé à ta surveillance.

Jeff se laissa tomber dans un fauteuil.

– Il m'a dit, l'autre jour, qu'il songeait au suicide…

– On y pense tous un jour ou l'autre, mais ceux qui s'ôtent la vie n'en parlent jamais. Je t'en prie, détends-toi. Il n'y a rien que tu puisses faire avant que le préposé du terminus ou ta mère t'appelle.

– Il faudrait inventer une façon plus rapide d'entrer en communication avec les autres, peu importe où ils se trouvent.

– Si tu as ce type de talent, alors mets-toi au travail tout de suite, car ce serait en effet très utile.

Au bout de longues minutes de silence, Marlon décida de détendre son jeune ami.

– Raconte-moi ta vie, Jeff.

– Là, maintenant ?

– Préfères-tu attendre que nous soyons assis dans un club, asphyxiés par la fumée de cigarette et assourdis par la musique ?

– Tu as vraiment le don de tout exagérer…

– C'est que je manie bien l'hyperbole, mon petit cœur.

– Si tu le dis.

– Alors, tu es né à San Francisco ?

– Nous avons tous vu le jour là-bas, Joey, Rachel et moi. Ma mère était pianiste et professeur de musique tandis que son mari, Joaquin Sarzo, tenait un restaurant.

– Pourquoi tu l'appelles « son mari » et non « mon père » ?

– La seule enfant qu'il a eue avec ma mère, c'est Rachel.

– Mais tu portes son nom.

– Il nous a adoptés quand nous étions bébés. À cet âge-là, on ne peut pas vraiment protester et exiger de porter le nom de son véritable géniteur, n'est-ce pas ?

– Quand l'avez-vous su ?

– Ma mère me l'a dit quand Joaquin est mort. Joey n'en sait toujours rien. Nous avons décidé d'attendre qu'il soit plus mûr avant de lui avouer la vérité, ce qui risque de ne jamais arriver, si tu veux mon avis.

– Vous étiez de bons enfants ?

– Rachel et moi, c'est certain. Nous avions de bonnes notes à l'école, nous aidions notre mère sans qu'elle ait à nous le demander et nous nous contentions de peu. À l'époque, nous ne vivions pas dans un manoir comme celui-ci. Notre maison était étroite et coincée entre deux autres habitations semblables.

– Donc, ton frère était déjà une petite peste à sa naissance ?

– Il a failli mourir en venant au monde, alors je pense que c'est pour ça que maman le surprotégeait.

– Un peu comme toi, si je comprends bien.

– Es-tu en train de me faire parler pour m'analyser ?

Marlon fut sauvé par la cloche du téléphone. Jeff bondit sur le récepteur à la vitesse de l'éclair. C'était le préposé du terminus qui l'avertissait que le gardien de la gare de San Francisco n'avait pas réagi assez vite et qu'au moment où il avait atteint l'autobus, la moitié des passagers étaient déjà partis.

– Merci tout de même pour votre aide…

Jeff raccrocha, de plus en plus livide.

– Calme-toi, mon petit cœur, le cajola Marlon. Tu es bien trop jeune pour faire une crise cardiaque.

– Ils n'ont pas réussi à l'intercepter à San Francisco.

– Puisque tu veux le savoir, je te questionne sur ton passé pour que tu puisses nous dire où ton frère sera tenté de se rendre dans son ancien patelin.

– Il ne sortait de la maison que pour aller à l'école.

– Qui sont ses amis ?

– Joey ne parlait à personne.

– Ses loisirs ?

– Il jouait de la guitare ou du piano presque tout le temps, enfermé dans sa bulle.

– Était-il très attaché à votre père ?

– Tu penses qu'il ira sur sa tombe comme dans les films ?

– Tout dépend s'il a fait son deuil ou pas.

– Il a fait une dépression après la mort de Joaquin, mais selon moi, il s'en est sorti.

– Savait-il que Jippy et ta mère donnent un concert ce soir à San Francisco ?

– Pourquoi n'y ai-je pas pensé ?

– Le bout de nos doigts est directement relié à notre faculté de raisonner, déclara très sérieusement Marlon. En rongeant tes ongles, tu as occulté cette formidable ressource.

– Tu dis n'importe quoi.

Le téléphone sonna de nouveau.

– Maman ?

L'interlocuteur s'excusa en disant qu'il s'était sans doute trompé de numéro et raccrocha.

– Je pense que tu devrais répondre « allô » la prochaine fois, suggéra Marlon.

C'est ce que fit Jeff quelques minutes plus tard.

– J'aimerais parler à John Peter Wade, je vous prie.

– Il est absent. Désirez-vous lui laisser un message ?

– Dites-lui que son fils Nico cherche à le joindre.

– Oui, bien sûr. Y a-t-il un numéro où il pourrait vous appeler ?

Jeff le nota sur le bloc de papier à côté du téléphone. Il avait à peine raccroché qu'il recevait un troisième appel. Cette fois, c'était sa mère.

– Que se passe-t-il, Jeff ? demanda Jillian, sur un ton angoissé.

– Joey a fait une fugue, l'informa-t-il en s'attendant à être matraqué par sa mère.

– Ne me dis pas qu'il s'est enfui dans le désert…

– Il a plutôt piqué vers le nord. Il a apparemment pris l'autobus pour San Francisco, mais les préposés de la gare n'ont pas été en mesure de mettre la main sur lui.

– Il est ici ?

– C'est ce qu'on m'a dit à Palm Springs.

– A-t-il laissé une note expliquant son départ ?

– Non, mais hier soir, il était triste et il m'a dit que nos Noëls d'antan lui manquaient beaucoup.

– Merci, Jeff. Je m'en occupe.

Assise sur la bergère près du téléphone de sa chambre d'hôtel, Jillian raccrocha et ferma les yeux.

– Joey s'est enfui ? s'enquit Jippy en prenant sa main.

– Oui. Il est à San Francisco.

– Veux-tu que nous passions ton ancien quartier au peigne fin ?

– Il n'était pas attaché à notre maison… mais nos anciennes habitudes de vie le sécurisaient.

– Que faisiez-vous à Noël ?

– Nous les emmenions marcher sur les quais et nous nous arrêtions à la fabrique de chocolat. Après le souper, nous les laissions ouvrir leurs présents. Même s'il n'en a pas l'air aujourd'hui, Joey a toujours été un enfant inquiet qu'un rien déstabilisait. La mort de son père l'a beaucoup troublé.

– Nous pourrions jeter un œil au cimetière.

Jillian acquiesça en hochant doucement la tête. Jippy fit prévenir son directeur de tournée qu'il s'absentait avec sa femme pendant quelques heures, mais qu'ils seraient revenus à temps pour le concert. En taxi, ils firent la tournée de tous les endroits où Joey aurait pu vouloir se rendre, mais ne le trouvèrent nulle part.

– Nous allons avertir la police, la rassura Jippy tandis qu'ils revenaient à l'hôtel.

Ils passèrent du taxi à la limousine et furent aussitôt conduits au centre sportif. Jillian se prépara en un temps record et suivit son mari dans le couloir menant à la scène. Sans le vouloir, elle lui écrasait douloureusement les doigts. Jippy n'émit aucune plainte. Il savait ce qu'elle ressentait et il ferait l'impossible pour retrouver son enfant.

Jillian puisa au plus profond d'elle-même pour se composer un sourire, puis se rendit au micro pendant que Jippy passait la courroie de la guitare par-dessus sa tête. Le batteur donna le compte et la musique envahit la salle. Concentrée sur son travail, Jillian marchait sur le devant de la scène en chantant ses plus belles chansons. C'est alors qu'en tournant la tête vers la coulisse, Jippy aperçut le fugueur. Il était accroupi entre deux gardiens de sécurité et regardait le concert sans que personne se rende compte de sa présence.

Jippy recula dans l'ombre, là où Timothy, son machiniste, veillait sur ses guitares. Ils avaient travaillé si longtemps ensemble qu'ils se comprenaient sans avoir à prononcer un seul mot. Jippy n'eut qu'à pointer sa Fender Telecaster, puis le jeune homme tapi sur le bord de la scène, pour que Timmy la décroche de son stand et se rende jusqu'à Joey.

— Moi? s'étonna-t-il en se relevant.

Le machiniste lui enleva son veston de denim, passa la courroie par-dessus sa tête, brancha l'instrument dans un gros amplificateur, puis poussa le guitariste vers ses parents. Vêtu d'un t-shirt d'Arial, d'un jean usé et de ses espadrilles les plus sales, Joey offrit aussitôt un contraste frappant avec Jippy, habillé tout en cuir noir, et Jillian, en robe rouge moulante piquée de pierres du Rhin.

La mère sentit la présence de son cadet dès qu'il se mit à jouer. Elle continua de chanter en pivotant élégamment sur elle-même. Son cœur s'allégea d'un seul coup dans sa poitrine. Joey n'avait pas fui le nid familial: il avait tout simplement eu envie de revoir ses parents à Noël! Elle n'eut évidemment pas l'occasion de lui parler avant les rappels, mais une fois dans le couloir des loges, elle lui plaqua durement le dos contre le mur de béton avant que Jippy puisse réagir.

— Si tu me refais une frousse pareille, je te jette dans les eaux glaciales de la baie! menaça la mère.

– Quelle frousse ? Je n'ai pas fait de l'autostop ! J'ai pris l'autobus et je me suis assis directement derrière le chauffeur !

– Tu es parti sans dire à ton frère où tu allais.

– Pourquoi faut-il qu'il sache toujours tout ce que je fais ?

– Parce que je lui ai confié votre garde, Joey. Il est dans tous ses états depuis qu'il a découvert que tu t'es enfui.

Le jeune homme baissa la tête avec soumission, car il ne voulait pas essuyer plus de reproches.

– Quand vas-tu comprendre que nous t'aimons et que nous tenons à toi ? se radoucit Jillian.

– Je ne voulais pas vous inquiéter…

– Pourquoi as-tu décidé de venir à San Francisco ?

– Parce que tu y étais…

Jillian le serra dans ses bras, au grand soulagement de Jippy qui ne voulait pas s'élever en arbitre entre la mère et son fils.

– Que diriez-vous d'aller poursuivre cette conversation dans un bon petit restaurant ? les invita Jippy.

Il les força doucement à le suivre jusqu'à la sortie des artistes.

– Mais nous devrons d'abord faire notre devoir de vedettes, chuchota le père.

Ils signèrent les cahiers d'autographes, les t-shirts et les bras qu'on leur tendait en arborant leur plus beau sourire. Joey s'étonna que les fans s'adressent à lui. Ils voulaient savoir qui il était et où il avait appris à jouer aussi divinement. Rouge de timidité, il répondait qu'il était le fils de Jillian et qu'il avait appris la guitare par lui-même. Après avoir contenté leurs admirateurs, les trois musiciens montèrent dans une limousine qui les conduisit dans un chic établissement, à l'autre bout de la ville. En voyant arriver Joey dans sa tenue d'adolescent en cavale, le maître d'hôtel arqua un sourcil.

– C'est mon fils, expliqua Jippy en lui remettant discrètement un gros billet.

– Par ici, je vous prie.

L'homme les installa dans un petit salon privé afin que les autres clients du restaurant ne fassent aucune plainte.

– Joey, est-ce que ton geste est censé me faire comprendre que tu n'es pas heureux à Kennenika ? lui demanda franchement Jillian.

– Tout ce que je peux faire là-bas, c'est étudier, regarder la télévision et jouer de la guitare…

– Tu faisais exactement la même chose à San Francisco.

– Je pense savoir ce qu'il essaie de nous dire, intervint Jippy.

Jillian dirigea vers son mari un regard suppliant.

– Joey a dix-neuf ans et il a envie de commencer sa vie d'adulte.

– Mais sa mère n'est peut-être pas prête à le laisser quitter le nid, avoua la chanteuse.

– De toute façon, continua Jippy, il doit d'abord travailler pour pouvoir s'offrir un appartement ou une maison.

– Travailler ? répéta le jeune homme, inquiet. Je n'ai pas appris de métier…

– Si tu as suffisamment de compositions, tu pourrais enregistrer ton premier album à Tex-son.

– Ça représente combien de chansons ?

– Au moins une quinzaine.

– Je n'en ai pas assez, mais je peux remédier à ça. Dois-je jouer tous les instruments, sur l'album ?

– Si tu veux, mais en tournée, c'est impensable. Il te faudra des musiciens.

– Ceux qui vivent à Kennenika font déjà partie de groupes existants.

– Alors, nous en trouverons d'autres.

Joey se mit à manger avec appétit. Sous la table, Jillian serra les doigts de Jippy entre les siens pour le remercier discrètement.

Après une semaine de repos, à boire des jus de fruit et à se faire dorer au soleil, Domenico Specogna et Isabelle Haywood étaient prêts à retourner au travail. La première partie de leur tournée débutait dans le pays de naissance de la belle chanteuse. Do, qui n'était jamais sorti de la Californie, s'émerveillait de découvrir que le monde était aussi vaste. Puisqu'il mangeait absolument de tout et qu'il pouvait dormir n'importe où, l'Australie ne le rebuta pas outre mesure. Son principal défi, c'était l'accent. Les premiers jours, il dut se concentrer intensément pour comprendre ce qu'on lui disait, puis, petit à petit, son oreille s'était habituée à cette façon particulière de prononcer les mots.

Do se rendit compte également que sa femme et lui avaient des définitions différentes du mot « tournée ». Lui qui s'attendait à jouer dans des salles de spectacle partout au pays des kangourous, il se retrouva presque exclusivement dans des émissions de variétés et dans des clubs privés qui avaient payé une fortune pour entendre chanter Isabelle. De tous les vêtements excessifs et provocants qu'il avait apportés, il ne mit finalement que ses pantalons en cuir et ses bottes de cowboy. Après le premier show, Isabelle lui avait fait acheter un veston de cuir de coupe classique et une dizaine de chemises de couleurs assorties avec ses robes.

«Un magnétophone aurait pu faire exactement le même travail que moi», se dit-il au bout de quelques semaines. Lorsque sa femme lui annonça qu'ils partaient pour l'Angleterre, il ne cacha pas sa surprise.

– Mais il y a de nombreux pays entre l'Australie et l'Angleterre, lui fit-il remarquer. Ton agent n'a pas cru bon de te faire donner des spectacles un peu partout?

– Il s'est concentré sur les villes où je vends le plus d'albums.

– Allons-nous faire une tournée en Amérique?

– Pas cette année, puisqu'il a signé un contrat pour un film.

– Un film?

– Je ne suis pas seulement chanteuse, Do. Je suis également actrice.

– Où sera-t-il réalisé et quand dois-tu te présenter sur le plateau de tournage?

– À Hollywood en grande partie et dès que nous serons rentrés en Californie.

– Et la petite partie?

– Peut-être à Hawaï, mais la décision n'est pas encore arrêtée.

– Pourquoi ne m'en as-tu pas parlé avant maintenant?

– Parce que je ne l'ai su moi-même que ce matin. Mon emploi du temps ne te plaît pas?

– Je suis seulement surpris que ton agent prenne toutes ces décisions sans ton accord.

– Il dirige ma carrière depuis mes débuts et il sait ce qui est bon pour moi.

– Lui as-tu dit que tu es mariée?

– Évidemment. Il nous a même envoyé un chèque en cadeau. Pourquoi es-tu en train de te fâcher ?

– Parce que je suis ton mari et qu'on ne me met au courant de rien !

– Je n'ai rien à cacher, je t'assure, mais je ne peux pas te donner les nouvelles plus vite que je les reçois moi-même.

– Tu ne m'as jamais présenté ton agent.

– Alors, je remédierai à cette lacune à Londres, où il vit.

Dans les avions et pendant les escales, tandis qu'ils étaient en route pour l'Angleterre, Do adressa à peine la parole à Isabelle. Il préféra se caler dans son siège et écouter sa musique préférée sur son Walkman. La jeune femme ne s'en offensa pas, comprenant parfaitement qu'il avait besoin de temps pour s'adapter à sa nouvelle vie.

Une fois à Londres, le Californien découvrit une autre facette du travail d'Isabelle : les grandes fêtes chez les gens riches et célèbres. Pour la première fois de son existence, il fut forcé de porter des smokings et de suivre son épouse partout comme un petit animal de compagnie. Tout le monde connaissait la belle chanteuse dans ce milieu superficiel. Malgré les tentatives d'Isabelle de présenter son nouveau mari aux membres de la haute société anglaise, tout ce que Do recevait, c'étaient des « bonsoir » ou des « bienvenue », et rien de plus.

Isabelle chanta dans ces cercles exclusifs en belle robe à paillettes tandis que son époux se contentait de jouer de la guitare en reculant de plus en plus dans l'ombre.

Après la dixième représentation privée, tandis que sa femme était sous la douche, Do s'allongea sur le lit de leur suite et appela chez ses parents. À son grand soulagement, il tomba sur son petit frère.

– Il était à peu près temps que tu appelles, espèce de sans-cœur ! s'exclama John.

– Tu n'as pas vu mes signaux de fumée ?

– Quoi ? Ils n'ont pas le téléphone, en Australie ?

– Mais oui, sauf que nous n'avions pas le temps d'y toucher. La tournée, si on peut appeler ça ainsi, s'est surtout passée dans des limousines qui nous emmenaient partout. Lorsque nous arrivions à l'hôtel, nous étions si crevés que nous voulions juste dormir.

– Si je comprends bien, vous n'êtes pas en train de me faire un neveu ou une nièce ?

– Ça devra attendre notre retour, et même là, ce n'est pas assuré.

– Mais à quoi ça sert de se marier si on ne peut pas coucher avec sa femme ?

– Je me pose la même question depuis que nous avons quitté les îles Fidji.

– As-tu vu la maison où Iz a grandi ?

– Non.

– As-tu rencontré ses amis d'enfance ?

– Non.

– As-tu vu des kangourous, au moins ?

– Ça, oui. Je t'ai même acheté un pull à l'aéroport avec un kangourou dessus.

– Tu as pensé à moi ! se réjouit John.

– J'ai rien que ça à faire…

– On dirait que tu es déprimé.

– Je m'ennuie et je me sens las.

– Quand reviens-tu à la maison ?

– Dans quelques jours, mais je ne sais pas encore où nous habiterons.

– Tu as encore ta chambre ici, tu sais.

– Je n'ai pas vraiment envie de vivre ma vie de couple sous le regard scrutateur de mes parents.

– Jure-moi que tu n'iras pas vivre à l'autre bout de l'État, Domino.

– Sans pouvoir jurer de rien, j'ai comme l'impression que ce sera aux alentours de Hollywood. Isabelle doit tourner un film à notre retour.

– Pasadena n'est qu'à une demi-heure de Hollywood.

– Je le sais, John, mais depuis que je suis marié, je n'ai pas un mot à dire dans ce genre de décision.

– J'ai dû mal entendre…

– Tout est déjà décidé par son agent, sinon par son père ou par sa mère. Elle n'est pas arrivée, comme moi, à couper son cordon ombilical.

– Si tu l'avais su avant de dire « je le veux », aurais-tu épousé Iz quand même ?

– Peut-être pas…

– C'est vraiment triste à entendre. Tu es conscient, j'espère, que maman mourrait si tu décidais de divorcer quelques mois seulement après ton mariage.

– Si jamais je quitte Iz, ce ne sera pas pour faire de la peine à quelqu'un, mais pour me permettre de vivre autre chose.

– On dirait que tu ne l'aimes plus…

– John, même les gens qui s'adorent ne sont pas toujours faits pour vivre ensemble.

– Mais vous allez faire un effort pour que votre mariage fonctionne, n'est-ce pas ? Parce que moi, je l'aime bien, Iz, comme belle-sœur.

– Parle-moi plutôt de toi, maintenant.

– Je prends du mieux et je ne fais plus de cauchemars. Je n'ai plus de marques nulle part et j'ai recommencé à faire du sport pour remettre mes muscles ankylosés en forme.

– As-tu d'autres bonnes nouvelles comme ça ?

– J'ai réussi mes examens de retour en classe, grâce à Allison, et j'ai hâte que l'année scolaire se termine. Papa a compris que je ne veux aller ni au collège, ni à l'université, parce que je souhaite commencer à enregistrer mes chansons de façon professionnelle. Maman s'attendait à ce que je marche dans tes pas et que je fréquente le *Guitar Institute of Technology* comme toi. Elle nage en plein déni, en ce moment. Mais ça ne m'atteint pas. J'ai un rêve et je veux le réaliser.

– J'admire ta ténacité.

– Tu n'es pas au bout de tes surprises, Domino, parce que j'ai la ferme intention de ne monter sur scène qu'avec toi.

– On en reparlera à notre retour.

Isabelle sortit de la salle de bain, une serviette enroulée autour de ses cheveux.

– À qui parles-tu ? chuchota-t-elle en s'allongeant près de son mari.

– À mon frère.

– Il était à peu près temps que tu l'appelles.

– Tu vois ! s'exclama John, qui avait entendu le commentaire de sa belle-sœur. C'est pour ça que je l'aime ! Elle me comprend !

Ne se sentant pas la force de les voir se liguer contre lui, Do tendit le récepteur à Isabelle et se dirigea vers la douche à son tour.

– Comment vas-tu, mon beau John ?

– Ça paraît que tu as fait une trempette en Australie ! Quel accent !

– Je joue une Australienne dans un film à mon retour en Californie, alors disons que je me prépare pour mon rôle. Tu dois être pas mal remis ?

– Oui, et j'évite les stationnements la nuit. Allison est en train de me persuader de suivre des cours d'auto-défense avec elle quand j'aurai repris ma forme.

– Ce n'est pas une mauvaise idée. Il y a la boxe, aussi.

– Je suis guitariste ! Il n'est pas question que je frappe qui que ce soit avec mes mains !

– Désolée, je n'avais pas pensé à ça.

Ils continuèrent de bavarder pendant un moment encore, parlant de politique, d'écologie et de voyages dans l'espace. John aimait beaucoup s'entretenir avec sa belle-sœur, qui avait tellement de choses intéressantes à dire. Lorsqu'elle indiqua qu'elle était fatiguée, le jeune homme lui posa la question qui le tourmentait.

– Où habiterez-vous en rentrant aux États-Unis ?

– Mon père doit quitter l'appartement qu'il a loué pour un an à Beverly Hills.

C'était un tout petit peu plus loin que Hollywood, mais la distance n'empêcherait pas John de voir son frère. Il souhaita une bonne nuit aux grands voyageurs et retourna à ses devoirs.

Do ne fut pas fâché de monter dans l'avion à destination de Los Angeles, même s'il devait faire une escale à Chicago. Il en avait assez des paillettes, des cocktails et des faux sourires. Lorsqu'il s'installa finalement dans la limousine qui devait le conduire chez lui, tous les muscles de son dos et de ses jambes lui faisaient mal.

– Où allons-nous ? demanda-t-il, au bout d'un moment.

– Mais chez nous, voyons.

– C'est où ?

– Là, indiqua-t-elle en pointant l'immeuble par la fenêtre de la portière.

L'édifice du boulevard Wilshire ressemblait à un hôtel.

– Ce n'est pas un peu au-dessus de nos moyens ? s'inquiéta-t-il.

– Nous n'y serons que pendant un an. Le bail de mon père se termine en décembre prochain. Ce sera à nous de décider si nous voulons y rester ou trouver autre chose.

– Ton père nous le sous-loue ?

– Non, il nous le laisse gratuitement pour cette année.

– Ah…

Do pouvait déjà imaginer l'expression de ses parents lorsqu'il leur donnerait sa nouvelle adresse.

– Mieux encore, ajouta Isabelle. Nous ne sommes qu'à quelques minutes des studios, alors je pourrai rentrer plus tôt.

– Rien que pour cette raison, je l'aime déjà, avoua-t-il avec un sourire rassuré.

Le concierge reconnut immédiatement Isabelle, car monsieur Haywood lui avait montré une photo de sa fille avant de partir pour New York. Il lui remit les clés de l'appartement, lui indiqua comment s'y rendre, puis se tourna vers Do. Avec ses cheveux noirs qui dépassaient ses épaules, son veston de denim usé sur les coudes et ses lunettes de soleil, il offrait un frappant contraste avec la jolie chanteuse en robe fleurie.

– Et vous êtes… ?

– Le porteur de valises, répondit le musicien, agacé.

– C'est mon mari! le corrigea Isabelle. Mon père a dû vous parler de lui.

– Il a en effet mentionné que vous en aviez un.

– Eh bien, c'est lui et il s'appelle Do Specogna.

– Je tâcherai de m'en souvenir, madame Haywood.

Isabelle mena son compagnon jusqu'à l'appartement de son père. Elle poussa la porte et laissa entrer Do pendant qu'elle cherchait l'interrupteur. Lorsque les lampes s'allumèrent, les nouveaux mariés s'immobilisèrent en écarquillant les yeux.

– Il vivait tout seul ici? s'étonna Do.

Le salon était immense, sobre et moderne, avec des plafonds plus hauts que ceux d'une maison normale. Des stores verticaux vert forêt cachaient toutes les fenêtres. Les sofas et les fauteuils étaient en cuir de la même couleur et les tables d'appoint en métal argenté et en plexiglass. Sur le mur du fond se trouvaient le téléviseur, le magnétoscope, le système de son, les haut-parleurs et quelques livres richement reliés, rangés dans un meuble de chêne.

– J'ai peur d'entrer dans la chambre… murmura Do, impressionné.

– À moins que tu aies envie de dormir dans le salon, il va bien falloir y aller.

Abandonnant les valises, le couple pénétra dans l'unique chambre, aussi vaste que le salon. D'un côté, un lit géant faisait face aux fenêtres et, dans le coin opposé, trônait une baignoire ronde à jets. Tout le mur de gauche était recouvert de miroirs coulissants. Isabelle en poussa un prudemment et découvrit qu'il cachait une profonde penderie.

– Un an, tu dis ?

– Ça te plaît ? se risqua Isabelle.

– Je passerais ma vie dans un endroit pareil.

Do souleva sa femme et la transporta jusqu'au grand lit, où il se jeta avec elle.

– Mais qu'est-ce que tu fais ? s'exclama-t-elle en riant.

– J'accepte !

Ils s'embrassèrent en remerciant le ciel de leur bonne fortune.

Après sa courte rencontre avec le fantôme de Simon, Jesse avait marché sur la plage jusqu'à ce que ses jambes le fassent souffrir. Puis, alors que le soleil se couchait dans l'océan, le jeune guitariste désœuvré était remonté vers le boulevard et s'était assis dans un petit restaurant pour manger un hamburger du bout des dents. Il aurait bien aimé boire une bière froide, mais l'endroit n'en offrait pas. Il se contenta donc d'un Cola, puis entreprit de retrouver sa voiture.

Il ne comprenait pas les gens qui arrivaient à se détacher des biens matériels afin de planer dans les sphères célestes, que ce soit par le biais de la méditation ou de l'ascension. Au sommet de sa carrière, Maccrie avait cédé les rênes du plus puissant groupe rock de tous les temps à un louveteau et avait commencé à s'aventurer de plus en plus loin dans le désert. « Mon père était schizophrène », se désola Jesse. « Est-ce ce qui m'attend aussi dans quelques années ? »

Il fila dans sa Mustang jusqu'à Kennenika et ne fut pas surpris de ne pas voir de lumière chez lui. Par contre, chez Marlon, il semblait y avoir une grande fête. Il pouvait entendre les rires et la musique même après avoir refermé la porte de sa demeure. Il se dirigea tout droit vers le réfrigérateur, déboucha une bière, puis s'assit dans le salon sans allumer de lampe. « Je dois assurer mon avenir avant de finir comme Simon », décida-t-il en sirotant la bière.

Une bougie s'alluma brusquement sur la table basse, faisant sursauter le guitariste déjà bien nerveux.

– Rien ne prouve que tu as hérité de tous mes gènes, tenta de le rassurer Simon assis dans la bergère en face de lui.

– Vas-tu continuer de m'apparaître comme ça, à tout moment ?

– Jusqu'à ce que tu sois complètement apaisé, en fait.

– Il y a bien trop de questions dans ma tête…

– En réponse à l'une d'entre elles, comme tu as pu le remarquer, ta mère est mon parfait contraire. Alors, si ton désir est de rester ancré dans la réalité, ça ne devrait pas te demander trop d'efforts.

– Je ne veux être ni comme elle, ni comme toi.

– La vie est une question de choix, Jesse. Tu es parfaitement libre de faire les tiens.

– Je désire être reconnu pour mes talents.

– C'est tout à fait normal.

– Mais je ne veux pas devenir étrange pour parvenir à la gloire.

– J'aurais occupé la même place sur les palmarès si j'avais été un homme terre à terre, parce que mon génie musical n'était en aucune manière relié à mon savoir occulte.

– Les gens normaux ne chantent pas de chansons sur les dragons, les sorciers et les châteaux hantés.

– Les gens normaux ne connaîtront jamais mon succès. Si tu veux faire partie de l'élite, il te faudra être plus grand que nature, Jesse. Prends Kevin, par exemple : l'homme très effacé qu'il est dans sa vie de tous les jours devient un dieu du métal dès qu'il se plante devant un micro. C'est ça, le secret. J'étais le plus provocant de tous les chanteurs de ma génération, mais dans ma vie privée, je passais le plus clair de mon temps à lire et à m'instruire. Si tu veux survivre dans la jungle du rock, il te faudra séparer ta vie personnelle de ta vie professionnelle.

Par-dessus la bouteille de bière qu'il avait recommencé à boire, les yeux bleus perçants du jeune homme continuèrent de regarder fixement Simon.

– Si tu crois que le fait d'être mon fils ne t'apportera aucun avantage, alors n'en parle jamais. Tu peux aussi utiliser cette filiation à des fins publicitaires, si tu en as envie.

– Je prendrai le temps d'y réfléchir, mais pour l'instant, c'est hors de question.

La porte d'entrée claqua.

– Jesse ! s'exclama Bryan avec le plus grand soulagement. Où étais-tu passé ?

Simon avait disparu, mais sa bougie était restée sur la table.

– Je suis allé voir ma mère.

– Pourquoi ne m'as-tu pas prévenu ? lui reprocha Bryan en se mettant à genoux sur le plancher devant son ami.

– J'étais désemparé.

– À cause de Simon ?

Jesse se contenta de hocher la tête.

– Ta mère t'a donc confirmé qu'il était bel et bien ton père.

– Ouais…

– Même s'il ne s'est jamais occupé de toi de son vivant, à mon avis, tu devrais être fier de ton ascendance.

– Américaine, britannique et écossaise…

– Ç'aurait pu être pire.

La remarque de Bryan arracha un demi-sourire au guitariste.

– Est-ce que tu changeras ton nom pour Maccrie ?

– Non. En fait, je préférerais que ce soit un secret, pour l'instant.

– Comme tu veux.

– Tu t'es amusé, chez Marlon ? demanda Jesse pour changer de sujet.

– J'ai appris des jeux de cartes que je ne connaissais même pas ! J'aime bien Marlon. Il est très amusant quand il ne joue pas les shérifs.

– Je me sens mal de t'avoir laissé seul à Noël.

– Tu n'as pas à t'en vouloir pour si peu. Je comprends que tu avais une quête bien plus urgente à poursuivre. Ce qui est important, c'est que ton cœur soit apaisé.

– On oublie facilement ton âge quand tu te mets à parler comme un vieux sage.

Jesse déposa la bouteille vide sur la table.

– Quel présent pourrais-je t'offrir pour Noël, Bryan ?

– Une tournée. Les doigts me démangent. J'ai besoin de jouer jusqu'à ce que je tombe de fatigue.

– C'est bon, je m'en occupe.

Tel que promis, dès le lendemain, Jesse se rendit à Tex-son, mais il n'y avait personne. Il poursuivit donc son chemin jusque chez Hayden Roe. Il sonna à la porte et attendit patiemment qu'il réponde.

– Jesse ? s'étonna le bras droit de Jippy.

– Je regrette de te déranger durant ce court congé, mais j'ai besoin d'obtenir des réponses à mes questions.

– Dans ce cas, je t'en prie, entre.

– Est-ce que je suis en train d'interrompre une fête de famille ?

– Famille ? répéta moqueusement Hayden en dirigeant son invité au salon. Ma femme est au Mexique avec son amant et ma fille est enfermée dans sa chambre.

– Je suis vraiment désolé.

– Tu n'as pas à l'être. C'est ainsi depuis plusieurs années, déjà. Je profite de ce temps libre pour apprendre les chansons que je devrai bientôt interpréter au *Pop Songs*.

– Tu ne préférerais pas composer les tiennes et partir en tournée ?

– Je l'ai fait pendant la moitié de ma vie, avec Nico Wade.

– Rien ne t'empêche de commencer une carrière solo.

– Tant que Katia ne sera pas autonome, il est préférable qu'un de ses deux parents soit le plus souvent possible à la maison.

– Sans doute.

Jesse n'avait jamais eu de père et il s'en était plutôt bien tiré, mais Hayden semblait ignorer le passé du chanteur de métal.

– Dis-moi ce qui te tracasse au point de venir frapper à ma porte ?

– Je veux partir en tournée même si mon album n'est pas encore prêt.

– J'imagine qu'on pourrait organiser un coup de publicité en utilisant l'une des chansons dont le son a déjà été affiné.

– Il faut que je sorte de Kennenika.

– Je comprends.

Le visage de Jesse exprima un grand soulagement.

– Tu te remets de la mort de Simon ? voulut savoir Hayden.

– Difficilement. C'est pour ça que j'ai besoin de m'occuper.

– En attendant que j'arrive à joindre Winfried, veux-tu m'aider à répéter ces chansons ?

Hayden lui tendit une guitare sans attendre qu'il acquiesce, car au fond, il avait lui aussi besoin d'un peu de compagnie. Heureusement, Jesse savait lire la musique, car il ne connaissait aucun de ces succès contemporains. Il se risqua même à chanter avec Hayden, une fois qu'il avait appris la ligne musicale. Au bout de deux heures, le guitariste se rappela que Bryan l'attendait pour le dîner et remercia Hayden de lui avoir changé les idées.

Lorsqu'il arriva au village, il trouva son jeune ami en train de préparer des hamburgers sur le gril de plein air avec Marlon, Pamela et Amanda. C'est alors qu'il remarqua le ventre rond de l'épouse du shérif. « Je ne suis vraiment plus au courant de rien », constata Jesse en les rejoignant sur la pelouse du couple excentrique.

– Qu'est-ce qu'il a dit ? s'inquiéta Bryan.

– Il m'a promis d'organiser la tournée dès la fin du congé.

Le jeune musicien poussa un cri de joie.

– Je t'avais bien dit que monsieur *Pop Songs* était un homme compréhensif, lui fit remarquer Marlon.

– Je vais aller faire ma valise !

– Minute, papillon. Je n'ai pas déployé tous ces efforts inutilement. Va placer cette assiette de viande sur la table pour qu'on commence enfin à manger.

Bryan fit ce que Marlon lui demandait et bientôt, les jeunes gens composèrent leurs hamburgers en y ajoutant les condiments de leur choix.

– N'est-ce pas que la vie est belle ? lâcha l'ancien batteur d'Arial.

– Même sans faire de musique ? le taquina Jesse.

– J'ai tout ce qu'il faut pour m'occuper, à Kennenika. Je dois faire respecter la loi et l'ordre, défendre nos enjeux politiques et préparer la chambre du bébé.

– Toutes mes félicitations.

– Nous avons tellement hâte de l'entendre pleurer toutes les nuits, de changer ses couches pleines de petits cadeaux nauséabonds et de lui apprendre à dire non.

– Tu es le type le plus cinglé que je connais, Marlon.

– C'est ainsi que je l'aime, confirma Pamela.

– Vous voulez une fille ou un garçon ?

– En fait, nous espérons que ce sera un hermaphrodite, déclara très sérieusement Marlon.

– Qu'est-ce que c'est ? demanda Bryan, innocemment.

– C'est une statue grecque, s'empressa de répondre Jesse à la place du shérif.

– Pourquoi désirez-vous un bébé en pierre ?

Marlon éclata d'un grand rire et Bryan oublia bientôt ce qu'il voulait savoir. Le reste de la journée se déroula dans une paix bucolique qui fit le plus grand bien à l'âme torturée de Jesse. Marlon alla chercher des gants de baseball et une balle qu'ils se lancèrent pendant plusieurs heures. Il alluma un bon feu au milieu du parc au coucher du soleil et installa des chaises tout autour. Bryan alla chercher des guitares et ils jouèrent jusqu'à ce que leurs doigts soient trop gelés pour continuer. Ils se séparèrent et Jesse en profita pour appeler les trois autres membres du groupe afin de les avertir qu'ils allaient bientôt se mettre en route pour la gloire.

Le lendemain, Jesse dormit tard et fut finalement réveillé par le téléphone. Puisqu'il n'y avait aucun appareil dans les chambres, il traîna les pieds jusqu'au salon, en boxer, et décrocha le récepteur. C'était Hayden qui l'informait qu'il avait réussi à trouver un directeur de tournée, une équipe de monteurs et un autobus.

— Vous serez sur la scène dans une semaine.

Jesse remercia secrètement le ciel et alla se recoucher. Ce fut l'odeur du café et du bacon qui le réveilla une heure plus tard. Le guitariste enfila ses jeans et suivit son nez jusqu'à la cuisine, où Bryan préparait le déjeuner. Jesse s'assit et but son café en ouvrant graduellement les yeux.

— La seule chose qui me manquera en tournée, c'est ta cuisine, avoua-t-il.

Bryan déposa les assiettes sur la table.

— Nous partons dans sept jours, laissa tomber Jesse.

— Formidable ! Nous allons enfin prouver à l'univers que nous sommes capables de jouer dans la cour des grands !

— Ce sera aussi épuisant, exigeant et parfois carrément décourageant.

— Mais tous les groupes sont passés par là !

— N'y a-t-il vraiment rien qui te démoralise ?

— Si, mais je fais en sorte que personne ne s'en aperçoive.

— Même moi ?

— Surtout toi.

Lorsque Tex-son ouvrit de nouveau ses portes, les membres de Ridge en profitèrent pour répéter leurs compositions en vue des concerts. L'enthousiasme de Bryan était contagieux, alors au lieu d'angoisser, les musiciens s'amusèrent comme des fous.

À quelques jours de leur départ, Hayden fit appeler Jesse dans son bureau.

– Comme tu le sais déjà, en raison du peu de temps que nous avons eu pour préparer cette tournée, nous réservons les salles au fur et à mesure.

– Oui, je m'en doute. Y a-t-il un problème ?

– En fait, il s'est produit quelque chose de vraiment curieux.

– Ne tourne pas autour du pot, Hayden.

– Je ne sais pas comment c'est possible, mais les groupes qui devaient ouvrir pour Arial pendant les deux prochains mois se sont mystérieusement désistés.

– Quoi ?

– Je vais être forcé de demander à Ridge de prendre leur place.

– Nous allons finalement réchauffer le public pour Arial ? s'étrangla presque Jesse, fou de joie.

– À moins que vous teniez à jouer dans les endroits plus modestes que nous avons trouvés jusqu'à présent.

– Non, non, non, non, non…

– Il va sans dire que vous devrez partir demain matin, plutôt que dans trois jours, puisque Kevin a besoin de vous demain soir.

Hayden n'avait pas fini de prononcer le dernier mot que Jesse sortait de son bureau en courant. Ses cris d'allégresse résonnèrent dans la réception.

12

Depuis qu'il avait été attaqué en décembre, John Specogna menait une vie beaucoup plus rangée. Il partait plus tôt pour l'école afin de pouvoir garer sa voiture près de la porte, où circulait un grand nombre d'étudiants. De cette façon, il ne se retrouvait jamais seul dans le stationnement. Après les classes, il rentrait directement à la maison, ou il allait faire ses devoirs chez Allison. Il avait cessé de chanter au club et en fait, il ne sortait plus du tout. Son père s'inquiétait de voir son garçon de dix-huit ans vivre en ermite, mais sa mère était bien contente de pouvoir le couver à nouveau.

Lorsqu'il avait terminé son travail scolaire, John se consacrait à la composition de ses chansons. Il en avait déjà neuf, mais il savait qu'il devait en écrire davantage s'il voulait enregistrer son premier album durant l'été. Il partait d'une émotion qu'il ressentait, puis laissait errer son imagination jusqu'à ce que des images apparaissent dans son esprit, puis créait de la musique qui reflétait le ton de l'histoire qu'elle lui inspirait.

Après le coup de fil de son frère, John sentit qu'il avait de bonnes chances de persuader ce dernier de faire équipe avec lui. Son ami David Arievich lui avait promis de jouer toutes les partitions de clavier sur les pièces. Il l'avait aussi averti qu'il était inscrit à une école spécialisée en musique et que ses cours commenceraient en automne. Alors, à moins que les frères Specogna n'obtiennent un contrat de tournée tout de suite après l'enregistrement de l'album, il serait forcé de les quitter. John ne s'en inquiéta pas outre mesure, puisqu'il savait, au fond de son âme, qu'il était sur le point de percer dans le monde du rock.

John avait transformé la chambre de son frère en salle de travail. Assis sur le lit, il jouait de la guitare tout en écrivant les accords de ses mélodies sur les feuilles de musique éparpillées devant lui. Il avait installé son AKAI sur la commode de Domenico et enregistrait tout ce qui lui passait par la tête.

Ce jour-là, pour en finir avec le cauchemar qui revenait le hanter au moins une fois par semaine, le jeune musicien décida d'en faire une chanson.

Laissez-moi vous raconter la triste histoire
De deux amoureux jeunes et innocents
Qui voyaient le monde avec des yeux d'enfants
Ignorant que des loups se cachaient dans le noir

John avait choisi des accords de septième pour cette pièce. Il ne voulait pas qu'elle soit joyeuse ou entraînante. Il désirait plutôt faire réfléchir ceux qui l'entendraient.

Au retour d'une soirée de festivités mémorables
Le cœur léger, ils rentraient tranquillement
Lorsque soudain dans l'obscurité, impitoyables
Surgirent des ombres aux desseins malveillants

Le pauvre garçon se mit à trembler, car les images qu'il voulait oublier recommençaient à affluer dans son esprit. Il continua de gratter les cordes de la guitare pour ne pas perdre la progression des accords, puis rassembla son courage et parvint à écrire le refrain.

La vie n'est plus le joli carrousel de l'enfance
Où rien ne peut atteindre les héros et les fées
La vie n'est plus un ciel où les étoiles dansent
Pour le plus grand plaisir des sirènes argentées

John était conscient que le drame lui avait ravi à jamais son âme d'enfant et que c'était aussi le cas de bien d'autres jeunes gens sur la planète. Ils se reconnaîtraient sûrement en écoutant sa chanson.

Frappés, rudoyés sans pouvoir se défendre
Ils auraient terminé leur vie sur le pavé
Si personne n'avait vu ce qui était arrivé
Sans doute seraient-ils entrés dans la légende

Pleurant à chaudes larmes, il écrivit le dernier couplet.

Maintenant ils continuent d'avancer bravement
Mais tous les soirs ils tremblent dans leur cœur
Et ils prient à genoux le dieu du firmament
De faire disparaître à tout jamais leur peur

N'ayant eu aucune nouvelle de John après les classes, Allison avait demandé à son chauffeur de la conduire chez son ami. Ennio lui avait ouvert la porte et l'avait laissée se rendre seule jusqu'à la chambre de Domenico.

– John, mais qu'est-ce que tu as? s'alarma-t-elle en voyant son visage trempé.

– Je viens d'écrire une chanson, hoqueta-t-il.

– Es-tu obligé de te mettre dans un état pareil pour composer?

– Non…

Le musicien essuya ses yeux avec le revers de sa manche.

– Alors, pourquoi pleures-tu?

– Parce que c'est triste.

Découragée, Allison s'assit près de lui sur le lit en se demandant ce qu'elle pouvait dire pour l'apaiser.

– Est-ce que tu veux l'entendre ?

– Pour que tu te noies dans tes larmes ?

– Je voulais juste exorciser cette nuit qui continue de me hanter.

– Tu n'as pas composé quelque chose sur l'agression, tout de même ! se rebiffa Allison.

John se contenta de hocher la tête.

– Tu ne pourras jamais la chanter en spectacle sans éclater en sanglots, lui fit remarquer la jeune femme.

– Je la jouerai en dernier.

– Pourquoi tiens-tu tant à te faire du mal comme ça ?

– Si j'arrive à en parler, peut-être qu'elle cessera de m'effrayer. C'est comme une thérapie. Est-ce que tu comprends ?

– Non, mais si c'est ce que tu veux, commençons tout de suite à t'en débarrasser. Chante-la-moi.

John prit plusieurs inspirations profondes et joua l'intro sur sa guitare. Allison écouta attentivement les mots, même si son ami les prononçait avec la gorge serrée. Elle était tout aussi marquée que lui par ce qui leur était arrivé, mais au lieu de s'apitoyer sur son sort, elle avait pris tous les moyens pour retrouver leurs agresseurs et les faire payer pour leur crime.

– Est-ce que ça va mieux ? s'enquit Allison après le dernier accord.

– Non…

– Alors, recommence.

La jeune femme lui fit reprendre la chanson jusqu'à ce qu'il s'emmêle dans ses accords. Voyant qu'il avait encore les yeux pleins de larmes, elle se creusa l'esprit pour trouver une autre solution.

– Essaie de t'imaginer que tu parles de deux personnes que tu ne connais pas.

– Ça ne fonctionnera pas.

– Alors, jette la chanson à la poubelle.

– Je viens de mettre tout mon cœur dans chaque mot.

– Tu es pire qu'une fille !

– Ce n'est pas vrai !

– Et les filles règlent leurs problèmes émotifs d'une seule façon. Viens.

Elle le força à déposer sa guitare, prit sa main et le tira jusqu'à la cuisine. Les parents Specogna les regardèrent passer devant la porte du salon en se demandant ce qu'ils manigançaient, mais ne les suivirent pas. Allison ouvrit la porte du congélateur et trouva un pot de crème glacée au chocolat. Elle sortit deux cuillères du tiroir et emmena John s'asseoir à la table.

– Vous faites vraiment ça ? s'étonna-t-il.

– Mange et tu comprendras pourquoi.

John engouffra sa portion en observant ce qui se passait en lui.

– À part que j'ai la langue et les gencives gelées, je ne remarque rien de différent, déclara-t-il au bout d'un moment.

– Tu ne te sens pas mieux ?

– Si je dis non, est-ce que tu vas me demander de rejouer la chanson ?

– Jusqu'à ce que tu saignes des doigts.

– Alors, oui, je me sens mieux.

– Menteur.

Allison rangea le pot et déposa les cuillères dans l'évier, puis reprit la main de John.

– Où m'emmènes-tu, cette fois ?

– Dans le jardin.

– Ne me dis pas que tu vas me jeter dans la piscine ? s'inquiéta-t-il.

– Tiens, je n'y avais pas pensé…

Elle le fit asseoir dans une chaise longue et se coucha sur lui afin d'admirer les étoiles.

– Il n'est pas facile de régler un trouble émotif par la seule analyse rationnelle, soupira-t-elle. Sans doute un psychologue pourrait mieux te venir en aide que moi.

– Je ne suis pas fou !

– Non, mais tu as vécu une expérience traumatisante dont tu es incapable de te débarrasser seul.

– Je vais tenter autre chose avant d'en arriver là, d'accord ?

Lorsque sa douce amie fut partie et que ses parents furent endormis, John sortit de la maison sur la pointe des pieds. Il monta dans sa voiture et, l'estomac noué, il retourna au centre-ville de Los Angeles, près du stationnement où il avait été agressé, mais cette fois, il avait apporté sa batte de baseball. Il était deux heures du matin, mais il y avait encore de la circulation autour de l'hôtel. John fit le tour du quadrilatère plusieurs fois en respirant de mieux en mieux.

Il allait se décider à rentrer chez lui lorsqu'il aperçut, à la lumière des lampadaires, un jeune homme aux cheveux longs qui traversait le stationnement, la tête penchée et les mains dans les poches de son veston. John ralentit l'allure de sa Oldsmobile en l'observant. C'est alors qu'il vit surgir deux individus entre les voitures.

– Non ! cria John en bloquant les freins.

Il mit la voiture en position d'arrêt, s'empara du bâton et ouvrit sa portière. Les malfaiteurs allaient atteindre leur proie lorsque le musicien arriva en courant sur les lieux.

– Hé ! cria-t-il.

Son éclat de voix dans le stationnement silencieux eut l'effet d'une bombe. La victime sursauta en se retournant et aperçut les vautours qui fondaient sur lui. Quant à eux, les bandits, d'abord inquiets d'être surpris, virent qu'il ne s'agissait que d'un garçon pas plus vieux que celui qui les intéressait.

– T'as vu ça, Spit ? fit l'un d'eux en riant.

Même si John tenait sa batte de façon menaçante, les agresseurs ne semblaient pas croire qu'il puisse s'en servir.

– Laissez-le tranquille ou je vais vous casser tous les os ! hurla le musicien, en colère.

– Nous, les petits jeunes qui s'improvisent justiciers, on n'en fait qu'une bouchée, se moqua l'autre.

Pendant qu'ils provoquaient John, leur proie reculait lentement vers son sauveteur en se disant que s'ils étaient deux, peut-être que les voleurs les laisseraient tranquilles.

– Allez, donne-moi le bâton… et ton argent, en même temps, fit le criminel sur un ton plus dur.

– Tout ce que vous aurez, c'est dix ans de prison !

John vit alors une voiture de patrouille s'arrêter derrière son Oldsmobile qu'il avait abandonnée au milieu de la rue. L'un des policiers sortit pour aller l'examiner.

– À l'aide ! hurla le musicien de tous ses poumons.

L'étranger était maintenant près de lui, tendu et effrayé, car les malfaiteurs s'avançaient rapidement vers eux.

– Restez où vous êtes ! ordonna un policier.

Les voleurs se retournèrent en levant les mains.

– Nous étions en train de bavarder, monsieur l'officier, affirma l'un d'eux.

– Quelqu'un a appelé à l'aide.

– C'est moi, confirma John. Ils allaient s'en prendre à cet homme, comme ils s'en sont pris à moi et mon amie, le 24 décembre dernier.

– En êtes-vous certain ?

– Celui qui m'a attaqué portait un tatouage en forme de trident sur l'épaule et celui qui attaqué ma copine avait une cicatrice sur la joue.

Le policier décrocha la lampe de poche de sa ceinture et éclaira le visage des deux assaillants.

– Une récompense est offerte pour leur capture, ajouta John.

– Appuyez les mains sur ce capot, exigea le patrouilleur.

– Il essaie seulement de nous mettre dans l'embarras en décrivant ce qu'il vient juste de voir sur nous, se plaignit l'un des bandits.

– Si vous avez la cicatrice, alors c'est l'autre qui a le trident.

Le balafré plaça les mains sur la voiture, mais l'autre détala comme un lapin. Sans hésitation, le deuxième policier tira un seul coup de feu en l'air, stoppant sa fuite. Il s'approcha de lui, lui ramena les bras dans le dos pour lui passer les menottes et en profita pour dénuder ses épaules.

– Le tatouage est bien là.

Les représentants de la loi enfermèrent les deux bandits sur la banquette arrière de leur voiture et revinrent
vers les victimes.

– Avez-vous porté plainte en décembre?

– Oui, monsieur, répondit John, au poste de police
non loin d'ici.

– Comment vous appelez-vous?

– John Specogna.

– Et vous? demanda le policier à l'étranger.

– Matthew Comber, mais ils n'ont pas eu le temps de
me faire du mal.

– Vous vous promenez toujours avec une batte de
baseball dans les mains, monsieur Specogna?

– Seulement depuis que j'ai été agressé, ici-même. En
fait, ce soir, je suis venu faire le tour du stationnement en
voiture pour tenter de me rassurer et de me débarrasser
de mes cauchemars.

Le patrouilleur nota le nom et le numéro de téléphone
de John et lui demanda de ne pas s'attarder dans le coin.

– Merci, fit alors Comber.

John observa son visage pour la première fois. Il ne
semblait pas tellement plus vieux que lui.

– Où allais-tu comme ça, à une heure pareille?

– C'est une longue histoire.

– Tu es à pied?

– Dans tous les sens du mot.

John le fit donc monter dans sa voiture.

– J'aurais l'esprit plus tranquille si je te conduisais
directement chez toi.

– Dans le Maryland?

124

– Finalement, je vais prendre le temps de l'écouter, ta longue histoire.

Il le ramena chez lui et lui demanda de ne pas faire de bruit alors qu'ils se dirigeaient vers la cuisine.

– Tu veux un morceau de gâteau ?

– Ce ne serait pas de refus, répondit Matthew en essayant de cacher son embarras. Je n'ai rien mangé depuis hier.

John déposa les assiettes sur la table et le laissa avaler les premières bouchées avant de le questionner.

– Es-tu arrivé hier du Maryland ?

– Non, ça fait deux semaines. Je me suis querellé avec mes parents, qui voulaient que je finisse mes études, alors j'ai quitté la maison.

– Quel âge as-tu, Matthew ?

– Presque dix-huit ans.

Ses cheveux bruns descendaient dans son dos et avaient besoin d'être lavés. Son visage émacié confirmait qu'il n'avait pas mangé souvent depuis son arrivée en Californie.

– Je n'ai emporté avec moi qu'un sac à dos rempli de vêtements et ma basse.

– Ta basse ?

– J'ai dû la vendre pour ne pas mourir de faim.

– Tu es bassiste ?

Matthew acquiesça d'un furtif mouvement de la tête.

– Je pensais trouver facilement du travail ici, car tous les bons groupes jouent en Californie.

John lui servit un deuxième morceau de gâteau et un grand verre de lait.

– Je commence à penser que ma soudaine envie de me rendre jusqu'à ce stationnement, cette nuit, n'était pas le fruit du hasard, après tout.

– Je ne comprends pas…

– Mon frère et moi allons bientôt former un groupe et nous n'avions pas de bassiste.

– Sérieux?

– Tu vas prendre une douche pendant que je déblaie le lit de mon frère. On en reparlera demain matin.

Matthew accepta en rougissant. Il n'allait certainement pas laisser passer cette chance.

Hayden ne fut pas surpris, quelque temps après le retour de sa femme du Mexique, de trouver sur son chiffonnier les documents de divorce préparés par l'avocat de Tasha. Ils ne s'aimaient plus depuis plusieurs années, mais avaient joué le jeu pour ne pas perturber leur fille unique. Depuis que celle-ci avait découvert la vérité, il ne servait plus à rien de prétendre que tout allait bien chez les Roe.

Assis dans son fauteuil préféré du salon, Hayden avait pris le temps de lire toute la procédure. Sa femme ne demandait pas grand-chose. Elle lui laissait la maison de Kennenika ainsi que tous les meubles, mais demandait la garde de leur fille ainsi qu'une pension alimentaire jusqu'à ce que la petite soit en mesure de gagner sa vie. Hayden était d'accord avec toutes les demandes de Tasha. À son avis, Katia serait beaucoup mieux encadrée avec sa mère qu'avec son père. Il ne restait plus maintenant qu'à expliquer à la jeune rebelle ce qui allait se passer.

Hayden saisit sa chance au souper, alors que, exceptionnellement, les trois membres de la famille se trouvaient à table en même temps.

– Katia, ta mère et moi avons quelque chose à te dire, commença-t-il.

– Vous vous séparez ? le devança l'adolescente.

– Nous divorçons, précisa Tasha.

– Quelle est la différence ?

– Ça nous permettra de refaire plus rapidement notre vie chacun de notre côté.

– Si j'ai bien compris, pour toi, c'est déjà fait.

Hayden n'avait pas du tout envie de prendre la défense de sa femme.

– J'ai rencontré quelqu'un, en effet, répondit calmement Tasha.

– Et tu vas aller vivre avec lui ?

– Il possède une grande maison juste sur le bord de la mer, comme celle que nous avions autrefois. Il a fait préparer une immense chambre pour toi.

– Mais tu ne m'as jamais demandé mon avis à ce sujet.

– Tu es mineure, Katia. Tu dois continuer de vivre avec tes parents jusqu'à ce que tu sois adulte. Ton père aura le droit de venir te chercher une fin de semaine sur deux.

– Un petit instant, se fâcha la jeune fille. Vous avez tout décidé sans m'en parler ?

– J'ai mûrement réfléchi avant d'en venir à ce compromis.

– Autrement dit, papa n'a pas eu son mot à dire non plus ?

– Il sait déjà que j'ai agi pour le mieux.

Katia planta un regard meurtrier dans celui de son père.

– Je n'ai lu les documents que tout à l'heure, s'excusa-t-il.

– Et tu es d'accord avec tout ça ?

– Ta mère ne me demande rien de déraisonnable.

– Sachez, tous les deux, que je ne me sens pas responsable de l'échec de votre mariage et que je n'en ferai pas les frais, juste parce que vous ne savez plus quoi faire avec le fruit de votre amour.

– Au contraire, ma chérie, intervint Hayden, nous voulons ce qu'il y a de mieux pour toi.

– La seule personne qui prendra des décisions pour moi, ce sera moi.

Katia se leva très lentement.

– Je vais prendre un avocat, annonça-t-elle, et j'irai en cour, s'il le faut, mais vous ne me ballotterez pas entre vous comme bon vous semble.

L'adolescente jeta sa serviette sur la table et quitta la salle à manger, le visage rouge feu.

– Katia! la rappela Hayden.

– Laisse-la, l'avertit Tasha. Elle n'écoute rien quand elle est en colère.

– Je veux seulement qu'elle comprenne qu'elle n'a rien à voir dans notre décision.

– Elle le sait, mais elle ne l'accepte pas. Ça viendra avec le temps.

– Quand partiras-tu?

– Dès que j'aurai rassemblé le reste de mes affaires. Je te donnerai mon adresse et mon numéro de téléphone.

Hayden s'était rendu compte depuis quelques mois qu'il y avait de moins en moins de vêtements dans la penderie et dans les tiroirs de la commode.

– Très bien, répondit-il bravement.

Il termina le repas en solitaire, desservit la table et lava même la vaisselle. Se doutant que Tasha était en train de boucler ses valises, il s'installa au salon et alluma le téléviseur, ce qu'il n'avait pas fait depuis bien longtemps.

Toutefois, il ne prêta aucune attention à ce qui se passait sur l'écran. Il se mit plutôt à penser à tout ce qui lui était arrivé depuis qu'il avait installé sa famille à Kennenika. Comme sa mère avant elle, Tasha avait été incapable de vivre dans la tranquillité et la sérénité du désert. D'année en année, elle avait recommencé à faire des séjours de plus en plus longs à Los Angeles.

Katia, quant à elle, malgré l'absence de distractions néfastes à Kennenika, avait réussi à faire tout ce qui lui était défendu. Hayden n'avait jamais eu d'autorité sur cette enfant rebelle, qui ressemblait un peu trop à son grand-père Wade. Les Roe étaient des gens simples, fidèles et affectueux. Ses parents s'étaient aimés jusqu'à la mort de son père, tant à New York qu'à Kennenika. Son frère Ian était toujours amoureux fou de Kim et ses deux garçons étaient des enfants modèles. Kevin... c'était une autre histoire. Il avait toujours été différent. Keith disait que le benjamin souffrait d'un léger retard mental parce qu'il avait eu une naissance difficile. Pourtant, Kevin avait toujours obtenu de bons résultats à l'école. C'était surtout dans ses relations sociales qu'il était déficient.

Hayden songea aussi à Nico Wade, qui avait disparu après la dernière tournée de Wade & Roe et qui ne lui avait plus donné de ses nouvelles. Il avait apparemment enregistré un album de hard rock en Allemagne, mais il était presque impossible de se le procurer en Amérique. «Et maintenant, c'est Tasha qui m'abandonne», se désola Hayden. Elle emmènerait Katia avec elle. La vie lui offrait-elle la chance de recommencer à zéro? Comment pourrait-il s'assurer de ne pas refaire les mêmes erreurs? «Il doit y avoir une raison derrière tout ça...»

Il aimait son travail à Tex-son, mais il serait incapable d'attirer une nouvelle compagne dans cette région désertique. Il pourrait s'installer plus près de Los Angeles et se rendre à Kennenika lorsque Jippy avait besoin de lui. Hayden voulait continuer d'animer le *Pop Songs*. C'était une activité qui satisfaisait davantage son âme de musicien que de remplir des contrats à Tex-son. En attendant, il continuait de composer des chansons qui relataient les événements les plus importants de sa vie. Il les enregistrait chez lui grâce à son studio portatif et les rejouait aussi souvent que possible, pour ne pas les oublier. Il avait suffisamment de matériel pour partir en tournée durant les semaines de relâche du *Pop Songs*.

Hayden entendit se refermer la porte d'entrée et rugir le moteur de la Jeep. Sa fille venait de s'éclipser encore une fois, même si ses parents lui défendaient de sortir les soirs de semaine. Il était bien difficile de la garder à la maison, puisque son grand-père lui avait offert une voiture le jour de ses quinze ans.

Tout à coup, Hayden ressentit une grande tristesse. La seule personne qui l'aurait écouté sans le juger n'était plus de ce monde. Keith lui avait toujours donné de précieux conseils, même après qu'il eut quitté New York, entraînant Ian avec lui. « Que ferais-tu à ma place, papa ? » Pour éviter de se quereller avec sa femme et sa fille, Hayden décida de se rendre à Los Angeles une journée plus tôt en vue du *Pop Songs*. Il prit la petite valise dans laquelle il rangeait ses partitions et celle où il gardait des vêtements de rechange ainsi que des articles de toilette, puis quitta sa propriété, le cœur lourd.

Il descendit à l'hôtel le plus rapproché du studio de télévision et loua une chambre. Il était tard, mais il n'avait pas envie de dormir. Il sortit sur le balcon et contempla la ville. Il n'aurait aucune difficulté à vendre sa maison de Kennenika, mais au lieu d'en acheter une autre, il chercherait plutôt à acquérir un appartement sur le bord de la mer. Ainsi, il n'aurait plus à s'occuper de l'entretien et des réparations d'une demeure. Il pourrait partir quand bon lui semblerait, puisqu'un concierge se chargerait de tout. Il réserverait bien sûr une chambre à sa fille, même s'il se doutait qu'elle n'y mettrait jamais les pieds.

Le lendemain, après un bon déjeuner, Hayden se rendit sur le plateau de tournage, où l'attendaient ses invités. Il serra la main d'un chansonnier qui lui fit penser à lui, à ses débuts, puis d'une chanteuse pop dont les tubes faisaient la joie de ceux qui fréquentaient les discothèques, d'un saxophoniste de jazz et d'un groupe de cinq filles comme il n'en avait jamais vu auparavant. Elles portaient toutes des robes de soirée, des talons hauts, des bijoux étincelants et des perruques bicolores. La moitié droite était d'une couleur et la gauche d'une autre.

– Bonjour, monsieur Roe! s'exclama joyeusement la rouge et noire. Je suis Brandy Lane, bassiste des Velvet Margay.

– C'est un plaisir de faire votre connaissance, mademoiselle Lane.

Brandy lui présenta ses compagnes : Ashley James, la chanteuse, Courtney Wells et Tiffany Wood, les guitaristes, et Kayla Sullivan à la batterie. Hayden les trouvait toutes très jolies, mais il se demandait si elles n'étaient que des célébrités éphémères. Il y avait beaucoup d'appelés dans ce domaine, mais si peu d'élus… Il demeura en coulisse pendant la seule répétition que le réalisateur accordait à chaque artiste.

La composition que présentèrent les Velvet Margay impressionna beaucoup le vétéran de la chanson. Si bien qu'à la fin de la journée d'enregistrement, il frappa à la porte de la loge des filles. Sans leurs perruques excentriques, il était impossible de dire qui était qui.

– C'est moi, Brandy ! déclara la jeune femme qui portait ses véritables cheveux noirs en queue de cheval. Est-il vrai que vous allez parfois manger avec vos invités après le show ?

– C'est justement ce que je suis venu vous proposer.

– Nous acceptons ! cria une voix à l'intérieur de la pièce.

Hayden éprouva un léger adoucissement à son chagrin en constatant que quelqu'un avait envie de sa présence. Il se rendit au restaurant avec les cinq musiciennes et mangea en les écoutant raconter comment elles en étaient venues à former les Velvet Margay. À peine âgées de vingt ans, elles arrivaient tout droit de Las Vegas, où elles avaient fréquenté la même école privée. Filles de parents riches, elles refusaient de vivre à leurs crochets pour le reste de leurs jours. Elles avaient donc fondé leur groupe deux ans plus tôt et écrit leurs propres compositions.

– Pourquoi les robes chic ? demanda Hayden

– C'est tout ce que nous avons trouvé dans les penderies de ma mère, plaisanta Kayla.

– Nous ne voulions pas ressembler aux autres groupes de filles, ajouta Brandy.

– Et les perruques ? voulut savoir le second patron de Tex-son.

– C'est pour ne pas être reconnues après les concerts, lui confia Courtney.

– Il y a trop d'admirateurs intenses qui harcèlent les vedettes féminines, ajouta Tiffany.

– Nous voulons avoir une vie privée normale, précisa Ashley.

– Mari, enfants ?

– Exactement, confirma Brandy.

Hayden apprit qu'Ashley était la plus jeune. Son père possédait un hôtel à Las Vegas, mais il n'avait jamais exposé ses enfants à ce genre de vie. Les parents de Kayla étaient chorégraphes pour les groupes de danseurs et danseuses de plusieurs grands palaces. Ceux de Courtney dirigeaient un casino qui faisait des affaires en or sur le Strip.

Ayant perdu ses parents dans un accident d'avion, Tiffany avait été élevée par ses grands-parents milliardaires à la retraite. Brandy, quant à elle, était la fille illégitime d'un politicien américain qui ne voulait pas vraiment que ses incartades soient connues du public.

– Pour que ma mère ne révèle jamais son identité, il lui a remis d'importantes sommes d'argent jusqu'à ma majorité, avoua-t-elle à Hayden.

– J'imagine qu'il ne porte pas le nom de Lane, devina-t-il.

– C'est celui de ma mère.

Hayden raccompagna les Velvet Margay à leur hôtel. Elles devaient prendre l'autobus le lendemain matin afin de retourner chez elles, en attendant qu'un promoteur les remarque au *Pop Songs*.

– Laquelle d'entre vous s'occupera des contrats ? voulut-il savoir.

– Moi, l'informa Brandy.

Elle envoya ses amies se coucher et s'installa dans l'un des fauteuils près de la réception, devant le bras droit de Jippy Wade.

– Avez-vous une offre à nous faire?

– C'est possible, si vous acceptez de vous isoler dans le désert pendant un certain temps. Si vous me laissez votre adresse, je vous enverrai un contrat. Prenez le temps de le lire. J'attendrai patiemment vos commentaires.

Hayden lui remit sa carte de visite.

– Puisque nous n'avons pas pensé à nous en faire fabriquer… fit Brandy, avec un sourire espiègle.

Elle griffonna ses coordonnées sur un bout de papier et le lui remit.

– Vous êtes exactement le type d'homme que j'imaginais, avoua-t-elle.

– J'ai peur de demander plus de détails.

– Vous êtes un grand artiste, mais aussi un homme d'affaires avisé. Vous préférez écouter ce que les autres ont à dire au lieu de parler de vous-même.

– J'ai appris ça de mon père.

– Je veux juste que vous sachiez que ça me plaît beaucoup.

Brandy s'approcha d'Hayden et déposa un tendre baiser sur ses lèvres. Il était si surpris qu'il ne réagit même pas.

– Au plaisir de vous revoir, lui dit la jeune fille.

Elle s'éloigna en direction de l'ascenseur en gambadant comme une gamine.

Lorsque les cinq membres de Naiad arrivèrent devant Amanda, à la réception de Tex-son, tout ce que celle-ci vit, ce fut d'abord une forêt de chevelures de toutes les couleurs. Puis elle parvint à discerner des visages en se concentrant sur les lèvres rouge cerise des musiciennes. C'étaient toutes de jolies femmes, chacune à sa manière.

– Nous aimerions rencontrer monsieur Roe, si c'est possible, fit celle aux cheveux roses.

– Vous êtes Melody, n'est-ce pas ? se souvint Amanda.

– Oui, c'est moi. Voici mes compagnes Symphonie, Rhapsodie, Harmonie et Euphonie.

Amanda les salua en se disant qu'elle n'arriverait jamais à les distinguer. Elle avertit Hayden qu'il avait des visiteuses. Quelques secondes plus tard, il sortit de son bureau pour les accueillir.

– Soyez les bienvenues à Tex-son, fit-il avec amabilité.

– Nos instruments de musique sont dans la fourgonnette dehors, l'informa Melody.

– Je vais vous montrer le Studio B, où vous habiterez littéralement jusqu'à ce que vous ayez terminé votre album. Malheureusement, Winfried Scharf ne pourra être ici que cet après-midi.

– Ça nous donnera le temps de nous réchauffer, laissa tomber Symphonie, la seule des Naiad qui ne souriait jamais.

– Êtes-vous déjà installées à Kennenika ?

– Non, répondit la petite Rhapsodie. Nous sommes venues directement ici, parce que nos valises sont derrière les instruments.

Les filles poussèrent un cri de joie en entrant dans la cabine d'enregistrement. Leur rêve devenait enfin réalité.

– Le studio possède une très bonne acoustique, déclara Hayden, et la cabine est équipée d'un système d'enregistrement à la fine pointe de la technologie…

– Nous connaissons déjà l'excellente réputation de Tex-son, le coupa Harmonie. Je suggère que nous commencions à décharger la camionnette.

Les filles passèrent de chaque côté d'Hayden pour retourner dans le couloir.

– … et votre ingénieur du son est le meilleur du pays, termina-t-il alors que Symphonie passait la porte la dernière.

Sa présence ne semblant plus requise, Hayden retourna à son bureau pour mettre la paperasse en ordre avant le retour de Jippy. De cette façon, il serait plus facile de lui annoncer qu'il songeait à quitter la région.

Une tarte aux pommes dans les mains, Marlon Stone s'apprêtait à entrer à Tex-son lorsqu'un essaim de filles en sortit et le dépassa sans lui prêter attention. Il pivota sur lui-même pour voir où elles allaient.

– Quand je porte un jeans et un t-shirt blanc, personne ne me voit, déplora l'ancien batteur d'Arial.

Il poursuivit sa route et s'arrêta devant le bureau de la réceptionniste.

– Bonjour, ma belle Amanda. Qui sont ces nymphes qui n'ont rien à faire des humains ? demanda-t-il en déposant le dessert sur le bureau.

– Les Naiad.

– C'est quoi, une Naiad ?

– Un nouveau groupe rock à qui Hayden a offert un contrat d'enregistrement.

– Où sont leurs musiciens ?

– Elles jouent elles-mêmes de tous les instruments.

– Pas vrai !

Harmonie passa près de lui, transportant une pièce de sa batterie.

– Personne ne peut les aider ? s'étonna Marlon.

– Il n'y a que Hayden et moi au studio.

– Je reviens tout de suite.

En bon chevalier servant, le musicien s'élança dans le stationnement, où les filles continuaient de décharger les caisses de leur petit camion.

– Puis-je vous donner un coup de main ? offrit-il.

Elles s'immobilisèrent et se tournèrent vers lui toutes en même temps.

– Permettez-moi de me présenter : je m'appelle Marlon Stone.

– D'Arial ? s'enquit Euphonie.

– Jadis… avant mon accident. Ces temps-ci, je gère le petit village que vous avez sans doute aperçu en sortant de l'autoroute.

– C'est vous qui louez les maisons ? demanda Melody en descendant de la fourgonnette.

– Entre autres.

– Alors, vous tombez bien, parce que nous ne savions pas à qui nous adresser. Y a-t-il un peu d'espace pour cinq filles qui vont commencer à enregistrer leur premier album cet après-midi ?

– Il y a justement une maison entièrement libre en face de chez moi.

– Merveilleux !

– Maintenant que vous savez qui je suis, me permettrez-vous de transporter les objets les plus lourds ?

La belle rockeuse aux cheveux blond miel sortit du studio afin de prendre d'autres morceaux de sa batterie.

– Harmonie, sais-tu qui est ce bel homme ? lança Melody, enjouée.

– C'est Marlon Stone ! Je suis l'une de ses plus ferventes admiratrices !

– Et vous avez un nom vraiment divin, répliqua-t-il.

– Je m'appelle Harmonie Newman.

– Si c'est votre véritable nom, alors vos parents sont des gens géniaux.

Elle sortit son permis de conduire de sa poche et le laissa l'examiner.

– Moi, c'est Melody O'Connor, fit la chanteuse. Voici Symphonie Hart, Euphonie Jones et Rhapsodie Adams.

– Quelle drôle de coïncidence…

Elles lui montrèrent leurs papiers d'identité pour lui prouver qu'elles ne se payaient pas sa tête.

– Nous étions faites pour travailler ensemble ! s'exclama Euphonie.

– Allez, les filles, on accélère, les éperonna Symphonie.

Marlon chargea la grosse caisse de la batterie sur son dos et suivit Rhapsodie qui transportait ses guitares.

– Melody, Harmonie, Symphonie… grommela-t-il. Je n'y arriverai jamais…

Une fois que tous les instruments de musique furent à l'intérieur, il monta la batterie avec Harmonie, qui ne cessait de lui faire des sourires invitants. «Dommage que je me sois marié», songea Marlon.

– Dites donc, ma belle Rhapsodie…

– Moi, c'est Harmonie, lui rappela la blonde. Rhapsodie, c'est la rousse.

– Oui, c'est vrai.

– Que voulez-vous savoir?

– De quelle partie de notre merveilleux pays venez-vous?

– De l'Oregon.

– Toutes les cinq?

– Ouais…

La jeune femme sortit ses baguettes de son sac et fit un essai pour s'assurer que tous ses tambours étaient en place et accordés.

– Pas mal du tout! apprécia Marlon.

De son côté, Symphonie cherchait où brancher sa guitare.

– Le son va directement dans la console, ma belle Euphonie, expliqua le batteur.

– Moi, c'est Symphonie.

– Puis-je vous apprendre une excellente façon de nous reconnaître? suggéra Melody.

– Ce ne serait pas de refus.

– Alors voilà: Melody rose, Harmonie blonde, Rhapsodie rousse, Euphonie noire et Symphonie platine.

– C'est censé être plus facile?

– Où dois-je brancher mon fil? se hérissa Symphonie.

– Juste ici, ma belle Polyphonie, indiqua Marlon en lui pointa la prise.

– C'est Symphonie.

– Il y a une autre façon de se rappeler nos noms, ajouta Harmonie. Melody romantique, Harmonie réaliste, Rhapsodie perfectionniste, Euphonie idéaliste et Symphonie irréductible.

– Ce n'est pas vrai ! s'exclama Rhapsodie.

– Je ne pense pas que vous allez améliorer ma mémoire en la chargeant davantage, s'excusa Marlon.

– Quelle heure est-il ? demanda Euphonie.

– Il n'est que dix heures, ma belle Harmonie.

– Moi, c'est Euphonie.

– J'ai une idée ! s'exclama Marlon en quittant le studio.

Il revint quelques minutes plus tard avec des étiquettes sur lesquelles Amanda avait écrit les prénoms des filles en grosses lettres carrées.

– On se colle ça où ? s'étonna Euphonie.

– Où tu veux, ma chérie, répondit Harmonie en appliquant son étiquette sur son bustier, entre ses seins.

– Tout ce que je veux, c'est arriver à vous démêler, affirma Marlon. Si vous avez terminé votre installation, aimeriez-vous aller porter le reste de vos affaires dans votre nouvelle demeure ?

– Prenons un peu d'avance, au cas où nous finirions de travailler très tard, suggéra Rhapsodie.

– Je suis d'accord, l'appuya Symphonie.

Les filles grimpèrent donc dans la minifourgonnette et suivirent la vieille Thunderbird de Marlon jusqu'au village. Il leur tendit un sac de plastique qui contenait cinq clés et les laissa explorer la maison.

– Le dîner sera servi à midi, les avertit le batteur.

Il fila chez lui pour avertir Pamela qu'ils avaient des invitées surprises pour le repas et alluma le barbecue. Ne sachant pas si les rockeuses étaient végétariennes ou omnivores, le couple prépara un grand bol de salade avec des légumes tranchés et une tonne de hamburgers. Ce fut finalement l'odeur de la nourriture qui attira les Naiad à l'extérieur de leur maison.

Elles prirent place autour des deux tables de pique-nique des Stone et serrèrent la main de Pamela. Tandis qu'elles garnissaient leurs sandwichs, elles apprirent comment la jeune femme avait quitté son mari pour son Marlon adoré.

– Nous avons les mêmes goûts et les mêmes buts dans la vie, affirma Pamela.

– C'est très important, commenta Rhapsodie.

– Maintenant, parlez-nous de vous.

Les filles échangèrent un regard interrogateur.

– Vas-y, Melody, la pressa Symphonie. C'est toi qui prends le plus de temps.

– Ce n'est pas vrai ! se défendit la jeune femme aux cheveux roses.

– Du moment que vous y passez toutes, n'importe qui peut commencer, intervint Marlon pour ne pas se retrouver au milieu d'une querelle inutile.

– Bon, d'accord. Je suis la fille aînée d'un médecin de Portland et d'un professeur de chant. Je n'ai qu'une sœur qui, elle, a choisi de marcher dans les pas de notre père. Elle étudie pour devenir cardiologue.

– Est-ce qu'elle a les cheveux roses ? demanda innocemment Marlon.

– Non. Elle est blonde comme je l'étais avant de tomber amoureuse de cette couleur.

– Il n'y a que du rose dans sa valise, leur apprit Harmonie.

– Ma mère disait que j'avais une voix d'ange, alors elle m'a inscrite à tous les concours de chant du pays à partir de mes douze ans, poursuivit Melody. C'est dans une compétition en Oregon que Harmonie et Symphonie m'ont remarquée.

– Nous étions en train de former le groupe et nous avions besoin d'une chanteuse, expliqua Symphonie. Non seulement elle interprétait notre répertoire à la perfection, mais elle y a même ajouté ses propres compositions.

– À ton tour, Rhapsodie, indiqua Harmonie.

– Eh bien, je suis aussi de Portland. J'ai commencé des études pour devenir dentiste, mais en même temps, j'ai toujours joué de la guitare. C'est ma mère qui m'a présenté Harmonie. Je suis allée jouer dans un club avec elles et ma voie s'est illuminée sous mes yeux. J'ai décidé de devenir rockeuse.

– Maintenant, à moi, décida Euphonie en déposant son hamburger. Je suis née dans une colonie de hippies en Oregon. Mes deux parents, anciens professeurs de physique à l'université, ont décidé de laisser tomber leur vie de yuppies et de participer plus activement à la sauvegarde de notre planète. Ils nous ont élevées dans le respect de la nature, ma sœur Fantaisie et moi. J'ai appris à jouer de la guitare avec un vieux bluesman qui habitait lui aussi avec le groupe.

– Ta sœur s'appelle Fantaisie ? s'émerveilla Marlon.

Euphonie hocha vivement la tête pour dire oui.

– Et la tienne ? demanda le batteur à Melody.

– Elle s'appelle Sonatine.

– C'est très inspirant, avoua Marlon en se tournant vers sa femme enceinte.

– Moi, je m'appelle Harmonie. Je n'ai que deux centres d'intérêt dans la vie : les arts martiaux et la musique. J'ai décidé d'apprendre la batterie pour renforcer mes bras et je m'y suis laissé prendre. Je viens d'une grosse famille de l'Oregon dont je n'ai pas envie de parler.

Elle continua de manger sa salade sans plus se préoccuper des autres.

– Il ne reste que moi, constata Symphonie. Contrairement aux autres, je n'ai pas fait d'études et je joue de la guitare depuis que j'ai cinq ans. Mon père était guitariste de jazz.

– Et vous ? demanda Rhapsodie à Marlon.

– Moi ? Je suis né sur une planche de surf à Santa Barbara.

– Comment êtes-vous devenu le batteur d'Arial, alors ?

– Je surfais le jour et je fréquentais les bars le soir. C'est comme ça que j'ai rencontré Simon Maccrie.

– Vous avez spontanément appris à jouer de la batterie juste pour lui ? poursuivit la plus jeune des Naiad, curieuse.

– Bien sûr que non. J'ai commencé avec des tam-tam sur la plage, puis un ami m'a enseigné tout ce que je devais savoir pour le reste.

– Ce qui veut dire que vous n'aviez jamais prévu en faire une carrière, c'est ça ?

– Es-tu journaliste ou guitariste ?

– Elle veut toujours tout savoir, lui confia Symphonie.

– Ma petite Rhapsodie, il vaut mieux être flexible, parce qu'on ne sait jamais ce que la vie va nous proposer, répondit Marlon. Les gens trop rigides n'ont que des regrets au moment de leur mort. Les gens plus souples quittent cette vie avec le sourire.

– C'est bien la première fois que j'entends ça.

– Mon mari est un grand sage, précisa Pamela.

Marlon ajouta qu'il s'occupait de faire respecter la loi dans la région et que les musiciens qui y habitaient pouvaient faire appel à lui à n'importe quelle heure du jour pour les aider à régler leurs problèmes.

15

Après leur spectacle époustouflant à Détroit, les membres d'Arial regagnèrent leur loge et filèrent sous la douche, après s'être extirpés de peine et de misère de leurs vêtements de cuir. Eddy avait décidé de les expédier sans délai à la ville suivante, alors à moins de pouvoir fermer l'œil sur la route, ils dormiraient à l'hôtel à leur arrivée au petit matin.

Comme d'habitude, Kevin alla s'installer tout au fond du véhicule. En général, les autres musiciens le laissaient tranquille, mais ce soir-là, Dave alla s'asseoir devant lui, l'air inquiet.

– Qu'est-ce que j'ai fait ? se défendit aussitôt le chanteur.

– C'est plutôt ce que tu n'as pas fait. Tu ne donnes plus cent pour cent de toi-même depuis les trois derniers concerts.

– Il est amoureux ! cria Mick, assis à l'autre bout de l'autobus.

Les joues de Kevin s'empourprèrent.

– Ne te préoccupe pas de lui, l'avertit Dave. C'est moi qui te parle.

– Je n'arrête pas de penser à Faye… avoua le chanteur en baissant timidement la tête.

– Elle ne sera pas très fière d'apprendre que tu t'es laissé aller.

– J'ai du mal à me concentrer.

– Il est amoureux !

Kevin fit un mouvement pour se lever, mais Dave l'obligea immédiatement à s'asseoir.

– Je suis d'accord avec Mick, laissa-t-il tomber.

– C'est ma vie privée.

– Sauf que ton malaise vient de s'étendre à tes prestations sur scène. Comme tu t'en doutes, c'est mon devoir de te le faire remarquer.

– Je sais bien…

– Il faut également que je trouve une solution pour que le reste de la tournée se passe autrement.

– On retourne la chercher en Floride !

– Ta gueule, Mick ! se fâcha Kevin.

– As-tu autre chose à me proposer ? demanda Dave au chanteur.

– Je suis surtout confus.

– Est-ce qu'elle partage tes sentiments ?

– Je crois que oui.

– Avez-vous l'intention de vous revoir après la tournée ?

– Nous n'en avons pas parlé.

– As-tu son numéro de téléphone ?

– Oui.

– L'as-tu rappelée depuis que nous avons quitté Orlando ?

Kevin secoua la tête pour dire non.

– Qu'est-ce que tu attends ?

– Je pense que j'ai peur…

Mick ouvrit la bouche, mais Rudy lui donna un coup de coude pour le faire taire.

– C'est normal quand on commence à fréquenter les filles, déclara Dave avec un sourire conciliant.

– Ça ne m'intéressait pas, avant.

– Mais tu as rencontré la bonne.

– Comment sait-on que c'est la bonne?

– C'est son visage qu'on voit quand on ferme les yeux. On pense à elle au lieu de penser au public sur la scène. On oublie les mots de chansons qu'on a pourtant chantées mille fois.

– Je suis désolé.

– Je comprends ce que tu ressens, parce que je l'ai vécu moi aussi. Maintenant, dis-moi ce que je dois faire pour que tu recommences à te concentrer pendant les concerts.

– Laisse-moi y réfléchir, d'accord?

– Tu as jusqu'à demain.

Dave lui tapota amicalement le dos et retourna s'installer au milieu de l'autobus avec Rik. Afin d'échapper aux regards des membres d'Arial, Kevin s'enferma dans la petite chambre où il lui arrivait souvent de dormir, tandis que les autres utilisaient les sofas et les couchettes pliantes.

Le chanteur venait tout juste de refermer la porte lorsqu'il aperçut Simon assis sur le matelas, le dos appuyé contre le mur.

– Je me demandais justement quand tu finirais par me rendre visite.

– J'ai encore beaucoup de choses à apprendre sur les déplacements dans un corps éthéré, répondit le fantôme.

– Je croyais que tu savais tout.

Kevin marcha à quatre pattes sur le lit et se recroque-villa en posant la tête sur l'oreiller.

– J'ai appris tout ce que je pouvais sur le monde physique et j'ai fait des recherches sur celui des ombres, mais l'expérience directe est beaucoup plus fascinante que la théorie.

– Je n'ai pas envie d'entendre parler de choses compliquées, ce soir.

– L'amour est encore plus déroutant que l'au-delà, jeune panthère.

– Dis-moi quelque chose que je ne sais pas.

– Compte tenu de tout ce qui t'est arrivé récemment, il est normal que tu cherches à combler ton besoin d'affection. Cependant, pour être honnête avec toi, je dois te mettre en garde contre la tentation d'utiliser l'amour de Faye pour remplacer celui de ta mère ou de ton père.

– Je sais bien qu'elle n'est ni l'un ni l'autre.

– Ton intellect s'en rend compte, mais ton cœur, lui ? Ce serait une grave erreur d'exiger de cette femme qu'elle tienne le rôle d'une mère auprès de toi, car elle s'attendra à jouer celui d'une épouse.

– J'ai eu mes parents sous les yeux toute ma vie et je n'ai jamais vraiment fait attention à leur comportement.

– Le mieux, c'est d'analyser tes réactions au fur et à mesure. Laisse-la prendre les initiatives, au début, afin d'apprendre comment tu dois te comporter. Ne te conduis pas comme un enfant.

– As-tu déjà été en couple, Simon ?

– Jamais, par choix. Mes enquêtes ont occupé tous les instants de ma vie. Pour la même raison, je ne me suis pas occupé des enfants que j'ai conçus un peu partout sur la planète.

– Tu les as abandonnés ? s'étonna Kevin.

– Pas dans le véritable sens du mot. Ils ont tous eu des mères exceptionnelles, capables de les élever convenablement. Comme je viens de te le dire, ça ne faisait pas partie de mon chemin de vie.

– Tu as eu beaucoup de chance de le reconnaître aussi rapidement.

– Tout le monde peut faire la même chose, jeune panthère. Le problème, c'est que les gens encombrent leur esprit de préoccupations sociétales inutiles. Ils accordent trop d'importance à ce que les autres attendent d'eux et oublient de développer leurs propres capacités.

– Comment peut-on échapper aux regards des autres ?

– On ne le peut pas, mais ça ne veut pas dire que l'on doive laisser leurs jugements diriger notre vie.

– Mick…

– Et la lumière fut.

– Est-ce que c'est toi qui l'as recruté pour me mettre à bout ?

– Le but de l'exercice, c'est de t'apprendre à ne plus réagir à ses remarques cinglantes et à rester toi-même peu importe ce qu'il dira. Je crains que ça ne prenne plus de temps que prévu.

– Il a le don de me faire sortir de mes gonds.

– Quelle partie du mot « carapace » ne comprends-tu pas ?

Kevin baissa honteusement la tête.

– Qu'il te traite de ce qu'il voudra, ne sais-tu pas, au fond de toi, que c'est faux ? En t'insurgeant inutilement, ne lui donnes-tu pas raison ? Tu dois devenir une montagne que rien ne peut faire bouger.

Le silence du jeune homme indiqua à Simon qu'il avait enfin commencé à réfléchir.

– En ce qui concerne Faye…

Kevin releva vivement la tête.

– C'est une bonne personne, poursuivit Simon. Tu devras toutefois être honnête et sincère avec elle.

– Heureusement, elle ne me traite pas comme Mick…

– Au début d'une relation, on fait attention à l'autre. Puis la routine s'installe. C'est à ce moment-là qu'on doit devenir encore plus vigilant.

– Comme mes parents…

– Des âmes jumelles. Ils étaient si semblables qu'ils n'avaient aucun effort à faire pour deviner ce que pensait l'autre. Je suis surpris que ta mère ait accepté de poursuivre sa vie. Habituellement, les jumeaux n'acceptent pas de survivre à la mort de l'autre.

– Faye est-elle mon âme jumelle ?

– Non. Elle est plutôt ta compagne de tâches. Votre rencontre a pour but de vous faire accomplir quelque chose ensemble.

– Quoi ?

– Je ne vais certainement pas gâcher ton plaisir. Ce sera à toi de le découvrir. Maintenant, essaie de te reposer pour faire du bon travail lors du prochain spectacle. Il se pourrait aussi que je te réserve une surprise.

– Une dernière question, Simon. Est-ce bien ton corps qu'ils ont retrouvé dans le désert ?

– Eh oui. Je n'en avais plus besoin.

Le sorcier tendit la main et la posa sur les yeux de Kevin, qui s'endormit instantanément. Lorsque le jeune homme reprit conscience, l'autobus venait de s'arrêter à l'hôtel. Il ouvrit la porte et vit que les musiciens s'apprêtaient à descendre.

– J'allais justement te réveiller, lui dit Dave. Veux-tu dormir quelques heures dans ta chambre ?

– Non. Je suis en pleine forme. Je vais partir avec Eddy.

– As-tu pris de bonnes résolutions ?

– Je n'ai fait que ça.

Kevin se rendit donc au centre sportif et assista à la mise en place de la scène en dégustant son déjeuner inhabituel. Les paroles de Simon continuaient de résonner dans sa tête. Il se doutait qu'il ne serait pas facile de rester de marbre devant la stupidité de Mick, mais il avait la ferme intention d'essayer. Il fit ses prises de son, puis regagna l'hôtel, prétendant vouloir se reposer. Dès qu'il eut refermé la porte de sa chambre, il fouilla dans ses affaires et trouva le numéro de Faye. Hésitant, il le composa sur le cadran du téléphone et laissa sonner. À son grand désarroi, elle ne répondit pas. Il raccrocha en se disant qu'elle était sans doute au travail à cette heure-là. Il réessayerait donc après le concert.

Lorsqu'il remonta dans l'autobus avec les autres, Kevin s'assit en tailleur sur le dernier banc et ferma les yeux, afin de méditer sur la performance qu'il allait donner dans quelques heures. Une fois au centre sportif, il s'isola dans les toilettes pour faire ses vocalises. Lorsqu'il en ressortit, son visage était si sérieux qu'il paraissait avoir dix ans de plus.

– Qu'est-ce que tu as, ô puissant dieu du métal ? le taquina Mick.

Kevin ne lui accorda qu'un regard vide et poursuivit son chemin dans le couloir. Inquiet, Dave s'empressa de le rattraper.

– Est-ce que tu as pris de la drogue? chuchota le guitariste.

– Jamais de la vie! se défendit Kevin. Ça brûle le cerveau.

– Pourquoi es-tu si calme, tout à coup?

– Je n'en sais rien.

Dave lui mit la main sur le front, mais il n'était pas brûlant.

– Tu n'as aucune raison de t'alarmer, affirma le chanteur.

Kevin se faufila parmi les machinistes pour assister aux dernières chansons du jeune groupe qui réchauffait la salle pour Arial et constata avec plaisir qu'il s'agissait de Ridge. Il chercha donc une meilleure place et se retrouva entre deux énormes amplificateurs.

– Pas mal, n'est-ce pas? fit Simon, qui venait d'apparaître près de lui.

– Je leur prédis un brillant avenir, murmura Kevin, bercé par la ballade que chantait Jesse.

– J'aimerais que tu gardes un œil sur lui.

– Moi? Je peux difficilement faire ça, puisque je suis en tournée.

– Je me suis organisé pour que Ridge vous suive jusqu'à la fin.

– Pourquoi?

– Parce que Jesse est mon fils et que ma mort l'afflige beaucoup. À mon avis, tu es le mieux placé pour l'apaiser.

– J'ai de la difficulté à me rassurer moi-même, Simon.

– Souvent, en s'occupant des autres, on arrive à régler ses propres problèmes.

– C'est lui, ma surprise ?

– Non.

Simon disparut avec un sourire énigmatique sur les lèvres. Kevin écouta les mots de la nouvelle chanson de Ridge, « Où étais-tu ? », et comprit qu'elle parlait de ce père que Jesse n'avait jamais connu et dont il n'avait découvert l'existence qu'après sa mort. Même si la dernière pièce de Ridge était beaucoup plus mordante, Kevin ne fut pas surpris de voir des larmes dans les yeux de Jesse lorsqu'il descendit finalement de scène. « Ils sont de la même couleur que ceux de Simon », remarqua silencieusement le chanteur d'Arial.

– Mais qu'est-ce que vous faites ici ? lui demanda Kevin en lui serrant affectueusement les mains.

– Quand Hayden a appris que plusieurs des groupes qui devaient ouvrir pour toi se sont mystérieusement désistés, il a fait appel à nous, expliqua Jesse.

– Ça va être plaisant de faire cette tournée avec vous.

– Depuis le temps que nous voulions assister à un concert d'Arial, nous allons nous installer ici du début à la fin.

Ridge tint sa promesse et Kevin s'assura que personne ne les chasse de la coulisse. Ce soir-là, les musiciens d'Arial offrirent la meilleure performance de toute leur existence, au grand soulagement de Dave Lynch, qui jouait tout en surveillant attentivement son chanteur. Apparemment, leur conversation de la nuit précédente avait porté fruit.

Après le spectacle, Arial et Ridge partagèrent la même loge, où les rires et les farces fusèrent. Curieusement,

Kevin ne réagit d'aucune façon à celles qui le concernaient. Comme c'était l'habitude du groupe vedette, les musiciens sortirent rencontrer les admirateurs qui les attendaient depuis une bonne heure à la sortie du stationnement. Kevin présenta Jesse comme le prochain dieu du métal et le laissa à la merci de ses nouveaux admirateurs.

Tandis qu'il autographiait un croquis de lui-même pour le plus grand bonheur de l'adolescente qu'il l'avait dessiné, Kevin aperçut dans la foule un visage qu'il connaissait.

– Faye…

N'utilisant que ses yeux, il lui demanda de se diriger vers l'autobus de tournée. En guise de réponse, elle lui offrit son plus beau sourire. Dès que les fans eurent pris toutes les photos qu'ils voulaient, Dave poussa les deux groupes en direction des autobus. Kevin se hâta de grimper dans celui d'Arial. La journaliste l'attendait tout au fond.

– Monsieur Roe, j'aurais quelques questions à vous poser, commença-t-elle avec un air espiègle.

Il l'attira dans ses bras et l'embrassa avec un désespoir qui n'échappa pas à la jeune femme.

– Mais ça pourra attendre à demain, chuchota-t-elle en l'étreignant.

– Il y a une fille dans l'autobus ! s'écria Mick.

Kevin poussa Faye dans la petite chambre du fond et referma la porte.

– Quand j'ai trouvé le billet d'avion sous ma porte, j'ai su que c'était de toi, poursuivit Faye en caressant le visage du chanteur.

«Comment un fantôme arrive-t-il à faire autant de choses dans le monde mortel?» se demanda Kevin, persuadé que c'était Simon qui avait offert ce présent inattendu à la jeune femme.

– Je n'ai pas arrêté de penser à toi, même après avoir terminé mon article, confessa-t-elle.

– Moi de même.

– Ça ne m'est jamais arrivé avant.

– Moi non plus.

Kevin l'entraîna sur le lit en parsemant son visage de baisers tandis que le véhicule se mettait en route pour le prochain concert.

Pour échapper à ses parents, Katia se réfugia dans la maison de ses grands-parents Roe, qui appartenait désormais à Kevin. Suzi lui en avait donné la clé quand elle était petite, pour qu'elle puisse s'y réfugier en cas d'urgence. L'adolescente cacha sa voiture dans le garage et n'alluma aucune lampe, sauf celle de la chambre d'amis dont la fenêtre donnait sur la rivière, à l'arrière du manoir. Consciente que sa mère chercherait à la récupérer à l'école à Palm Springs, Katia avait décidé de ne pas se présenter en classe. Puisqu'il n'y avait que des trucs bio à manger chez Kevin, elle s'en contenta jusqu'à ce qu'elle voie enfin passer la voiture de Tasha en direction de l'autoroute. Se doutant que son père était déjà parti pour Los Angeles, car il devait animer le *Pop Songs*, Katia fonça vers la maison familiale. Elle chargea ses deux valises de vêtements, remplit des sacs de nourriture et retourna dans sa nouvelle demeure. Elle monta les sacs et les valises dans sa chambre, vida ces dernières sur son lit et retourna en vitesse chercher le reste de ses affaires.

Katia grimpa ensuite le téléviseur de la cuisine dans sa chambre et le brancha. « C'est comme si je participais à une grève étudiante », se dit-elle, satisfaite. Elle s'adossa dans la montagne d'oreillers qu'elle avait empilés contre le mur, à la tête du lit, et avala le ravioli en boîte qu'elle avait fait chauffer dans le four à micro-ondes. Finalement, la vie d'ermite lui plaisait beaucoup. Elle en avait assez des règlements et des restrictions, surtout qu'ils émanaient de deux adultes hypocrites qui faisaient semblant de s'aimer depuis des années. Ils ne méritaient pas d'être ses parents. «Il me faut de nouveaux parents qui soient honnêtes et transparents. »

Elle termina son repas, accrocha ses vêtements dans la penderie et rangea le reste dans les tiroirs de la commode en se promettant de ne laisser personne la déloger de son sanctuaire. Elle écouta une émission de comédie, puis décida de se coucher. Elle éteignit la lampe et s'apprêtait à fermer les yeux lorsqu'elle vit apparaître une lueur sous la porte. Vive comme un chat, elle se laissa tomber sur le plancher et rampa sous le sommier, persuadée que c'était son père qui la cherchait.

Retenant son souffle, elle surveilla l'interstice sans cligner des yeux. Elle vit alors deux ombres se déplacer, sans doute des pieds, puis la lumière disparut. Katia n'avait rien entendu. Pourtant, les planchers de la maison craquaient tous sous le poids de quiconque marchait dessus. Au bout d'un moment, Katia se glissa vers la porte et l'ouvrit. Elle regarda à gauche, puis à droite dans le couloir, et vit une silhouette tourner le coin en direction de l'escalier. L'adolescente retint un cri d'effroi et rentra la tête dans la chambre.

«C'est sans doute un voleur », se dit Katia. «Mais j'ai verrouillé toutes les portes… » Des frissons d'horreur lui coururent dans le dos lorsqu'elle songea que ce pourrait aussi être un maniaque ou un tueur en série. Dissimulée dans l'obscurité, elle prit garde de ne pas respirer trop fort. Elle fit mentalement le tour de la chambre et regretta de ne pas avoir apporté quelque chose qui lui aurait permis de se défendre. Elle fit alors la seule chose qu'elle pouvait : elle attendit le matin.

Lorsque le soleil se leva, Katia se risqua dans le couloir sur la pointe des pieds. Comme elle s'y attendait, le plancher grinça sous ses pas. Elle arriva devant l'escalier et s'immobilisa. Il n'y avait aucun bruit dans la maison. Elle descendit les marches et constata que la porte d'entrée était bel et bien verrouillée. Elle vérifia ensuite tous les loquets des fenêtres et de la porte arrière. Si quelqu'un était entré dans le manoir, ce n'était sûrement pas par là. Cela signifiait-il qu'il était toujours dans la maison ?

Elle s'empara du tisonnier et ouvrit tous les rangements de la demeure. Personne ne s'y cachait. Rassurée, elle se prépara à manger et grimpa à la chambre de ses grands-parents, située sur la façade principale. Il n'y avait aucun véhicule suspect ni dans l'entrée, ni sur la route. « C'est vraiment étrange. »

Katia passa la journée à inspecter tous les recoins du manoir, même les armoires, sans rien trouver d'anormal. Elle examina aussi le studio de son grand-père. Ses guitares étaient suspendues à des crochets sur le mur… enfin, toutes sauf une, qui reposait en équilibre sur le tabouret où le légendaire musicien s'assoyait jadis lorsqu'il enregistrait ses idées de chansons. Katia s'approcha et découvrit que la guitare était branchée dans le magnétophone. Son oncle Kevin jouait de mieux en mieux, mais il ne composait pas encore ses propres pièces.

Katia remit l'instrument sur son support mural et rembobina le ruban. La musique qu'elle entendit lui glaça le sang. « On dirait mon grand-père ! » Elle connaissait toutes les pièces écrites et interprétées par Keith et le solo qui envahissait la pièce ne faisait partie d'aucun de ses albums. Elle arrêta la machine et se sauva en courant.

Jusqu'à la tombée du jour, elle resta assise sur son lit à regarder la télévision, puis se coucha en se répétant des centaines de fois qu'elle n'avait rien à craindre dans la maison de ses grands-parents Roe. Elle se jura toutefois de déménager ses affaires chez son grand-père Wade s'il continuait de se produire des événements insolites. Avant de réussir à s'endormir, elle entendit jouer une guitare.

Armée du plus gros couteau de la cuisine, Katia descendit au rez-de-chaussée dans le noir. La porte du studio était ouverte. « Je me souviens très bien de l'avoir fermée… » Quelqu'un était en train de jouer dans le lieu sacré de Keith ! L'arme pointée devant elle, elle allait pénétrer dans la petite pièce lorsque toutes les lampes du salon s'allumèrent en même temps derrière elle. Katia poussa un cri d'effroi digne des plus horribles films d'épouvante et fit volte-face.

Saisi, Hayden s'était immobilisé à l'entrée du salon. Le solo de guitare cessa abruptement.

– Qu'est-ce que tu fais ici ? Et avec un couteau dans les mains, en plus ? finit-il par articuler.

Katia laissa tomber son arme et courut se jeter dans les bras d'Hayden.

– Papa ! Il y a quelqu'un dans le studio !

– Reste ici.

Hayden embrassa sa fille sur le front et la plaça derrière lui. Résolument, il s'avança vers la porte. Il alluma le plafonnier et promena son regard dans la pièce.

– Il n'y a personne, Katia.

– N'as-tu pas entendu la guitare ?

– Si, je l'ai entendue, mais c'est peut-être le magnéto-phone qui s'est mis en marche à cause d'une variation du courant électrique.

Katia se glissa prudemment à côté de son père.

– Il y a une mélodie sur le ruban, mais ce n'est pas celle qui jouait tout à l'heure, affirma-t-elle. Si tu ne me crois pas, écoute-la.

C'est ce que fit Hayden. Son oreille musicale étant suffisamment développée pour faire la différence entre plusieurs séries de notes, il constata que sa fille disait la vérité. Il se tourna vers elle et constata que son visage était blanc de peur.

– Katia ?

– La guitare… s'étrangla-t-elle en pointant le tabouret où l'instrument était en équilibre.

– C'est la BC Rich préférée de ton grand-père.

– Je l'ai accrochée moi-même au mur, hier !

Refusant d'y toucher une deuxième fois, l'adolescente recula jusqu'au salon.

– Veux-tu que je fasse le tour de la maison pour voir qui te joue des tours ? offrit Hayden.

– Je l'ai déjà fait et il n'y a personne. J'ai regardé partout, même dans les tiroirs. Les portes et les fenêtres sont toutes verrouillées.

– C'est peut-être quelqu'un qui a la clé.

– Mamie ne l'a donnée qu'à moi, parce que mes cousins Adam et Cody étaient trop jeunes pour en avoir.

– Alors, Kevin l'aura remise à un ami pour qu'il jette un coup d'œil à la maison en son absence.

– Tout le monde sait qu'il n'a pas d'amis.

– C'est peut-être ton oncle Ian, dans ce cas.

– Pourquoi chercherait-il à me faire mourir de peur ?

– Personne ne sait que tu te caches ici.

Katia alla s'asseoir en boule sur le divan. Visiblement, aucune des hypothèses de son père ne l'avait rassurée. Ce dernier décrocha donc le récepteur et appela son frère cadet.

– Je suis désolé de te déranger à une heure pareille, Ian, mais j'aimerais savoir si tu viens tout juste d'effectuer une petite patrouille dans la maison de Kevin.

– Moi ? s'étonna le guitariste. As-tu oublié que j'habite à Ventura, Hayden ? Si Kevin a demandé à quelqu'un de surveiller sa maison, c'est certainement à quelqu'un du village.

– C'est ce que je pense aussi, mais il fallait que j'en aie le cœur net.

– Y a-t-il eu un vol, un feu, du vandalisme ?

– Non, rien de tout ça, mais il semblerait que quelqu'un soit parvenu à s'infiltrer ici pour jouer de la guitare.

Le silence d'Ian était éloquent.

– Allez, je ne t'importune pas plus longtemps et je vais plutôt enquêter du côté de Marlon Stone.

– Excellente idée.

Hayden raccrocha.

– Marlon Stone ne joue pas de la guitare comme ça, grommela Katia.

– Mais il sait tout ce qui se passe dans la région.

Pour aller jusqu'au fond du mystère, Hayden donna un coup de fil au batteur.

– Non, je ne suis pas allé chez Kevin depuis des lustres, affirma Marlon. Mais j'ai une théorie qui risque de ne pas vous plaire.

– À ce point-ci, je veux bien l'entendre.

– Le fantôme de ton père hante Tex-son et sa maison.

Hayden se rappela la vision qu'il avait eue dans l'un des studios.

– D'où tiens-tu cette information ?

– De Simon, évidemment. Il dit que Keith n'est pas prêt à quitter ce monde. Il s'accroche aux lieux et aux gens qu'il aime.

– T'a-t-il dit comment mettre fin à ce type d'apparitions ?

– Comment oserais-tu priver ton père de cette dernière joie ?

– Donc, tu n'en sais rien, soupira Hayden.

– Même si j'avais la moindre idée de la procédure à suivre, je refuserais de m'en mêler, parce que Simon m'a aussi averti que lorsqu'on a mis le pied dans l'occulte, on n'en sort jamais. Moi, je suis parfaitement heureux dans le monde des vivants.

– Merci, Marlon. Que ferais-je sans toi ?

– Des tas de bêtises, comme tous les autres Roe, j'imagine.

– Bonsoir, Marlon.

Hayden raccrocha et offrit à sa fille un air de découragement complet.

– Qu'est-ce qu'il a dit ? le pressa Katia.

– Selon lui, c'est le fantôme de ton grand-père qui vient jouer de la guitare la nuit dans son ancienne maison.

– Ça expliquerait pourquoi la guitare a été déplacée alors qu'il n'y a personne d'autre que moi dans le manoir.

– Ne me dis pas que tu crois aux fantômes ! se découragea Hayden en s'assoyant dans le fauteuil en face d'elle.

– En ce moment, oui.

Le père prit la sage décision de ne pas s'aventurer sur un terrain aussi glissant.

– Sais-tu que ta mère te cherche depuis deux jours et qu'elle m'a accusé de t'avoir enlevée?

– C'est pour ça que tu es venu voir si j'étais ici?

– Disons que je n'ai pas envie de me retrouver en prison pour enlèvement.

– Je vais lui écrire une lettre pour lui expliquer que j'ai décidé de ne vivre ni avec elle, ni avec toi. Et je te défends de lui dire où je me cache.

– Katia…

– N'essaie pas de me faire changer d'avis. Vous avez été malhonnêtes avec moi, alors je vais me séparer de vous. Lorsque Papi sera de retour de tournée, il m'avancera l'argent pour me payer un avocat et je vous obligerai à comparaître devant un juge.

– Tu fais une tempête dans un verre d'eau.

– Il n'est pas question que je me rende jusqu'à l'âge adulte en compagnie d'hypocrites comme vous. J'ai parfaitement le droit d'exiger que l'État me fournisse des parents exemplaires.

– Bon. Si c'est ce que tu veux, je le répéterai à ta mère, mais tu sais aussi bien que moi de quelle façon elle réagira.

– Je ne suis pas un jouet que vous pouvez vous disputer.

– Personnellement, justement pour éviter que tu te sentes déchirée, j'étais prêt à accorder ta garde à Tasha et à ne te voir que de temps en temps. Tu serais au moins débarrassée de moi.

– On dirait que tu ne me prends pas au sérieux! se fâcha Katia.

– Au contraire, petite rebelle. En me voyant moins souvent, je cours la chance que tu commences à m'apprécier.

– Dis-lui que je n'irai pas rester chez son nouvel amant, même si elle m'offre un million de dollars.

– Il est peut-être gentil.

– Ça, j'en doute.

– Viens-tu coucher à la maison, cette nuit ?

– Non. Je préfère partager celle-ci avec le fantôme de mon grand-père.

Katia bondit sur ses pieds et se dirigea vers l'escalier qui menait à l'étage des chambres. Elle grimpa quelques marches et s'arrêta.

– Et ne reviens plus, ajouta-t-elle.

Hayden attendit qu'elle claque la porte avant de se lever.

– Certaines choses ne changeront jamais, soupira-t-il.

Persuadé que sa fille finirait bien par réintégrer le nid après quelques apparitions spectrales supplémentaires, il quitta le manoir de son frère en prenant bien soin de verrouiller la porte d'entrée.

Lorsque leur courte tournée fut enfin terminée, Jippy et Jillian ne furent pas fâchés de rentrer à la maison. Même s'ils avaient été constamment en contact avec Jeff, qui affirmait que tout allait très bien depuis le retour de Joey à Kennenika, ils avaient envie de reprendre les rênes de la famille.

Jeff et Rachel les accueillirent chaleureusement. Les parents les étreignirent avec bonheur et les laissèrent monter leurs valises dans l'escalier.

– Où est Joey? demanda Jillian.

– Devine, répondit Jeff, presque rendu sur le palier.

Ils se rendirent donc au studio, qui était devenu l'antre du cadet, et ouvrirent prudemment la porte. Le jeune homme était assis sur un tabouret, au milieu de ses instruments de musique et de ses amplificateurs, et grattait les cordes de sa guitare acoustique tandis qu'il composait une ballade. Les adultes l'observèrent pendant un moment avant de se décider à révéler leur présence.

– Je sais que vous êtes là… soupira le musicien, au bout d'un instant.

– Nous ne voulions surtout pas interrompre ton imagination créatrice, répliqua Jippy. Comment ça avance?

– Il me reste encore quelques chansons à écrire, mais je fais des progrès.

– Tu peux continuer jusqu'à ce que je t'appelle pour manger, indiqua Jillian.

– C'est comme tu veux.

Ils refermèrent la porte du studio et se rendirent à la cuisine, heureux de préparer ensemble le repas de leur marmaille. Ils fouillèrent dans le réfrigérateur et le garde-manger, constatant que Jeff avait fait une épicerie décente au lieu d'obliger son frère et sa sœur à manger de la pizza toute la semaine. Ils préparèrent une salade et firent cuire des brochettes sur le gril. Dès qu'elle fut redescendue de l'étage, Rachel mit la table sans qu'ils aient à le lui demander.

– C'est dans ces moments-là qu'on ne veut plus repartir, chuchota Jippy à l'oreille de sa femme.

Jeff se joignit à eux quelques minutes plus tard et se chargea des boissons. Il offrit même d'aller chercher Joey dès que tout fut enfin prêt. Jillian tendit discrètement l'oreille et fut surprise de ne pas entendre grommeler le cadet tiré de son studio. Joey prit place près de son aîné et se servit même de la salade avec entrain.

– Je ne suis pas un homme religieux, commença Jippy, mais ce soir, j'aimerais remercier le ciel de m'avoir donné la chance d'élever une deuxième famille.

– En parlant de famille, fit Jeff, tu as reçu un coup de fil de Nico. J'ai écrit sur le bloc de papier de l'entrée le numéro de téléphone où tu peux le joindre.

– Le voilà qui refait surface. Il doit être à court d'argent. Merci, Jeff.

Pendant qu'ils mangeaient, Jippy raconta les incidents cocasses qui leur étaient arrivés sans remarquer que Jillian avait perdu son sourire. Le retour de Nico dans la vie de son mari ne l'enchantait pas du tout. Au lieu de participer à la conversation, elle pria tous ses défunts parents pour que l'enfant prodigue ne remette pas les pieds à Kennenika. Les jeunes parlèrent de leurs progrès dans leurs domaines respectifs, puis aidèrent leur mère à faire la vaisselle.

– Maman, est-ce que je peux t'aider à défaire tes valises ? demanda Rachel.

– Avec plaisir, ma chérie.

– Je peux même commencer à laver vos vêtements, si tu veux.

– Merci, Rachel.

– Si j'avais eu des enfants aussi serviables, je les aurais tous gardés ici, chuchota Jippy à l'oreille de sa femme.

Rachel grimpa à l'étage tandis que les garçons s'enfermaient dans le studio de Joey. Jillian se retrouva donc enfin seule avec son mari.

– C'est l'appel de Nico qui t'a attristée tout à l'heure ? voulut savoir Jippy en s'assoyant dans son fauteuil préféré.

– Je crains qu'il ne chamboule le bonheur que nous avons réussi à construire dans cette maison.

– Même s'il était fauché, je ne pourrais pas le reprendre, puisque toutes les chambres sont maintenant occupées. Je lui offrirais un appartement ou une chambre d'hôtel à Los Angeles.

– Pourquoi pas Londres, en Angleterre ?

– Tôt ou tard, tu devras dire la vérité à Joey, mon amour.

– Alors, ce sera tard. Il n'est pas encore prêt émotionnellement à apprendre qu'il a un troisième père.

– Mais nous avons aussi juré de n'avoir aucun secret dans cette famille.

– Je préférerais quand même que Nico ne fasse pas partie de la vie de Joey.

– Je le rappellerai demain et nous verrons bien ce qui se passera.

– Maman ? Est-ce qu'on doit mettre les robes à paillettes au lavage ? fit soudain la voix de Rachel.

– Non, ma chérie, répondit Jillian. Mets-les de côté.

– Et les dentelles ?

– Si tu veux qu'il te reste des vêtements, je te suggère d'aller lui donner un coup de main, plaisanta Jippy. Ça me permettra de méditer en buvant une bière bien froide.

– Mais j'en veux une, moi aussi.

– J'en prendrai une deuxième avec toi.

Ils s'embrassèrent avec passion. Jillian s'arracha à l'étreinte et monta rejoindre sa fille pour lui montrer comment trier des costumes de scène. Jippy décapsula une première bouteille et se cala dans son siège, heureux d'être chez lui. Il entendit alors claquer la porte d'entrée. « Ça ne peut pas être Nico », songea-t-il. « Même quand il était adolescent, il ne faisait rien de tel. »

Katia entra dans le salon comme une tornade et se planta devant son grand-père, les mains sur les hanches.

– Je veux que tu me paies un avocat, exigea-t-elle comme lorsqu'elle était petite.

– Un avocat ? répéta Jippy en dissimulant son amusement de son mieux. Pour quelle raison ?

– Je veux me séparer de mes parents.

– Ah… Viens t'asseoir et explique-moi ce qu'ils t'ont fait.

L'adolescente s'agenouilla sur le pouf où Jippy avait déposé ses pieds pour les reposer.

– Ils vont divorcer.

– En es-tu bien certaine, mon cœur ?

– Évidemment que j'en suis certaine. Ma mère a déjà quitté la maison avec toutes ses affaires. Elle voulait que je la suive, mais je me suis cachée.

– Tu préférerais habiter avec ton père ?

– Absolument pas ! C'est pour ça que j'ai besoin de toi. Il me faut un avocat pour réclamer le droit d'assurer ma propre garde.

– Tu n'as que quinze ans, Katia.

– Presque seize.

– Aux yeux de la loi, tu es mineure. En plus, tu vas encore à l'école et tu ne peux pas subvenir à tes propres besoins.

– Donne-moi du travail, alors.

– Il y a aussi des lois qui empêchent les entreprises d'embaucher les mineurs.

– Nous avons sûrement aussi des droits !

– Un juge pourrait peut-être te permettre de vivre séparée de ton père et de ta mère si un autre membre de la famille s'occupait de toi. Aimerais-tu vivre ici ?

– Non. Il y a trop de monde. Je suis une enfant unique et je veux le demeurer.

– Ça exclut donc ton oncle Ian, qui a déjà des enfants.

– Peut-être Kevin…

– Ce doit être quelqu'un qui ne passe pas la moitié de l'année en tournée.

– Donc, pas Nico, pour les mêmes raisons. Oublions aussi Sonny, qui n'a même pas été capable de garder sa propre fille chez lui.

– Il a envoyé Alexandra étudier en Suisse pour lui assurer un bel avenir.

– Eh bien, moi, je ne veux pas qu'on m'expédie à l'autre bout de la planète, peu importe la raison.

– Finalement, il ne reste que moi, lui fit remarquer Jippy.

Le visage de Katia s'illumina.

– Mais non! J'ai une autre grand-mère!

– Qui s'est exilée en Sicile.

– C'est un très beau pays, à ce qu'on dit.

Katia sauta dans les bras de son grand-père, lui faisant presque renverser sa bière.

– Merci, Papi! Tu es le meilleur!

Elle l'embrassa sur la joue et repartit aussi brusquement qu'elle était arrivée. Jippy aurait aimé apprendre autrement le divorce de sa fille, mais il aurait l'air moins ahuri le lendemain, lorsqu'il rencontrerait Hayden à Tex-son. Tasha avait-elle décidé de suivre l'exemple de sa mère et de retourner vivre dans la civilisation? «Nico qui revient et Tasha qui part…» Il n'avait pas eu de nouvelles de Sonny, son fils aîné, depuis des mois.

Pendant que Jippy ruminait ses problèmes de famille, dans le studio, les frères Sarzo se penchaient sur la dernière composition de Joey.

– Si tu mettais une intro au piano sur cette chanson, elle nous ouvrirait tout de suite les veines, commenta Jeff.

– Est-ce vraiment nécessaire d'écrire des chansons qui rendent les gens tristes? s'étonna Joey.

– Les bons artistes sont ceux qui réussissent à jouer avec les émotions de leurs admirateurs. Ils sont capables de les faire rire, de les faire pleurer, de les faire trembler de peur ou de leur donner de l'espoir.

– Mais je parle d'une fille qui a de grands rêves.

– Comme un million de filles qui lui ressemblent, Joey. Lorsqu'elles entendront ta ballade, elles se reconnaîtront et elles l'aimeront à la folie. Et, avant que tu me demandes si c'est nécessaire que tes fans t'adorent, la réponse, c'est oui. Si tu veux finir par vivre de tes talents, tu dois constamment te soucier de ça.

– Il faut que j'écrive pour eux ou pour moi ?

– Tu dois trouver un équilibre entre les deux.

– C'est plutôt difficile de savoir ce qu'aiment les jeunes quand tu vis isolé dans le désert, déplora Joey.

– C'est pour ça que tu as un frère. Ta fille qui a de grands rêves, fais-la souffrir un peu.

– Souffrir ? Je déteste ça moi-même !

– Les gens normaux ne vivent pas dans un grand manoir où tous leurs vœux sont exaucés. Ils peinent leur vie durant pour avoir le quart de ce que tu possèdes déjà. Ils essaient de s'en sortir et parfois ils y arrivent, parfois non. Tu dois apprendre à écrire des histoires plus réalistes.

– Mais Thor et le Roi Arthur n'ont pas eu une vie facile eux non plus.

– Ce sont des personnages de légende, Joey. Nous ne sommes même pas certains qu'ils aient existé, encore moins qu'ils aient souffert.

– Mais je les aime, ces chansons !

– Je ne te demande pas de les laisser tomber ni de les réécrire. Je te conseille seulement d'ajouter quelques trucs plus véridiques dans ton répertoire.

– Peut-être qu'il serait mieux d'attendre que j'aie vécu un peu avant de devenir une vedette…

– Pas nécessairement, frérot. Réfléchis un peu à ton propre passé. A-t-il toujours été rose ?

– Non…

Joey replongea dans les émotions qu'il avait ressenties à la mort de Joaquin Sarzo et se mit à pleurer.

– Tu vois bien que tu n'as pas besoin d'aller loin. Tu peux bien continuer d'écrire des chansons sur tes héros préférés, mais laisse aussi parler ton cœur de temps en temps. Quelque part sur cette planète, d'autres jeunes garçons ont perdu leur père. Dis-leur que tu comprends ce qu'ils ressentent et donne-leur un peu d'espoir.

Voyant que les sanglots du cadet ne se résorbaient pas, Jeff le prit dans ses bras et le serra avec affection.

– Tu peux aussi raconter ce que d'autres personnes ont vécu, poursuivit-il. Comme ça, tu éviteras de te faire saigner constamment le cœur.

– Comment veux-tu que je sache ce qu'ils ont vécu? hoqueta Joey.

– Si tu écoutais les nouvelles tous les soirs, tu serais étonné de la misère qu'il y a dans le monde.

– Je pourrais écrire des chansons pour qu'ils se sentent mieux.

– Mais pas que ça.

– Je pense que j'ai compris.

– Me permets-tu de retravailler tes chansons avec toi?

– Pas celle de Thor.

– Ne t'en fais pas. Je n'oserais jamais me mesurer à lui.

– Ni Arthur…

– Attaquons-nous plutôt à ta ballade. Au lieu de l'intituler *Rêve de succès*, donne-lui le nom de la fille.

– Mais je ne sais pas comment elle s'appelle.

– Fais un petit effort, Joey.

– Je pense que ce serait Clara.

– Tu vois bien que c'est facile. Ensuite, au lieu de dire qu'elle est assise sur un tronc d'arbre au bord d'un ruisseau, en train de regarder les étoiles, fais-la marcher dans une rue sombre, tandis qu'elle réfléchit à la façon de changer sa vie.

– Tu es décidément plus pessimiste que moi.

– Son petit copain est parti avec une autre fille et elle se sent nulle et insignifiante. Elle marche en direction de la rivière où elle veut en finir avec la vie.

– Je vais recommencer à pleurer…

– Ça marche, hein? J'ai réussi à faire naître des émotions en toi juste avec des mots.

Joey s'essuya les yeux.

– Je n'arriverai pas à faire ça sans toi, Jeff. Pourquoi ne formons-nous pas un duo? À moins que tu aies des projets différents pour ton avenir.

– À vrai dire, je pense que ça me plairait de jouer pour mon propre groupe au lieu de travailler comme musicien de studio qui n'a jamais l'occasion de partir en tournée.

– C'est vrai?

– Je sais que je fais souvent des farces, mais oui, cette fois, c'est vrai. Pensons au nom que nous aimerions donner à notre groupe et, je t'en conjure, ne me suggère pas quelque chose comme Midgard ou Camelot.

– Je choisirais davantage quelque chose qui nous unit tous les deux.

– Pas notre nom de famille. Il y a trop de groupes qui tombent dans ce piège.

– California.

Jeff arqua les sourcils, impressionné.

– Ça pourrait marcher… Bon, maintenant que nous savons qui nous sommes, nous devons avoir au moins une quinzaine de chansons si nous voulons décrocher un contrat de disque.

– Tu sais bien que Jippy nous l'offrira même si nous en avons quatorze.

– Oui, mais faisons semblant, d'accord ?

Joey pencha la tête de côté et observa son grand frère pendant quelques minutes.

– Quoi ? s'exclama Jeff, agacé. J'ai de la nourriture entre les dents ?

– Non. C'est la première fois que tu me parles comme si j'étais important.

– Arrête ça, sinon c'est moi qui vais pleurer. Viens plutôt me jouer l'intro au piano. Joue-moi quelque chose à…

– … s'ouvrir les veines, je sais.

Joey déposa sa guitare et alla s'asseoir devant le Roland que Jippy lui avait offert juste avant de partir en tournée.

18

Au lieu de profiter de la première nuit dans son lit depuis longtemps, Jippy n'arriva à fermer les yeux que vers deux heures du matin, alors que Jillian dormait profondément, collée contre lui. La visite éclair de Katia avait fait naître dans son esprit une foule de scénarios qui ne finissaient jamais bien. Un procès entre sa petite-fille et ses parents ne pourrait que nuire à la réputation d'Hayden et, par conséquent, à Tex-son. Il chercha donc la meilleure façon de régler cette situation sans que personne soit lésé, jusqu'à ce qu'il sombre dans le sommeil.

À son réveil, sa femme n'était plus à ses côtés. Il se frotta les yeux et regarda autour de lui. Le soleil filtrait à travers les stores. Il se tourna vers le réveil et vit qu'il était déjà dix heures. Il fila sous la douche en se demandant pourquoi sa femme ne l'avait pas tiré du lit. L'odeur du café frais le mena jusqu'à la cuisine. Il y mit un pied et reçut sa tasse dans la main, en même temps qu'un baiser sur le nez.

– Tu m'as laissé faire la grasse matinée alors que tu savais que je voulais me rendre à Tex-son, ce matin, lui reprocha-t-il.

– Correction : j'ai tenté de te réveiller, mais tu m'as marmonné quelque chose que je n'ai pas compris et j'ai laissé tomber. Assieds-toi. Je vais te donner les restes du déjeuner.

– Finalement, j'étais bien, en tournée, plaisanta-t-il.

Après avoir croqué dans le bacon cuit à la perfection et avalé une bouchée des œufs au plat préparés comme il les aimait, il se rétracta.

– Où sont les enfants ?

– Je suis allée conduire Rachel à l'écurie et les garçons sont déjà enfermés dans le studio. Je sens qu'ils préparent quelque chose.

– Merveilleux.

– Dis-moi que tu n'as pas l'intention de passer toute la journée à Tex-son.

– Tout dépendra du nombre de feux que j'aurai à éteindre, mais je ne prévois aucun problème majeur du côté de l'entreprise. Hayden est tout ce qu'il y a de plus professionnel. Ce qui pourrait nécessiter un peu plus de temps, ce sont les ennuis qu'il éprouve actuellement avec son mariage.

Jippy raconta à Jillian ce que sa petite-fille lui avait confié la veille en l'espace de quelques minutes à peine.

– Il n'est pas aussi facile qu'on peut le croire de trancher entre sa fille adorée et son gendre bien-aimé, soupira-t-il.

– Alors, reste neutre. Comme je le répète à mes enfants depuis des années : il y a une solution pour chaque problème. Il suffit de se casser un peu la tête.

– C'est exactement pour cette raison que me suis endormi au petit matin et sans avoir rien réglé, en plus.

– Je suis certain que tu seras un excellent juge, comme le roi Salomon.

– C'est donc de toi que Joey tient cette fascination pour l'histoire ancienne et la mythologie.

– Il n'aimait pas les contes de Grimm, alors il a bien fallu que je trouve autre chose.

Dans le vestibule, Jippy et Jillian s'embrassèrent pendant un long moment, avant qu'il ne se décide à partir. En marchant vers sa Jeep, le grand patron de Tex-son ne put que constater à quel point il était heureux.

– J'aime ma vie! déclara-t-il en démarrant.

Il arriva dans le stationnement de ses studios quelques minutes plus tard, surpris d'y trouver autant de voitures. Hayden lui avait dit, lors de leur dernier entretien téléphonique, qu'il avait pressenti plusieurs groupes, mais pas qu'il avait signé des contrats.

– Monsieur Wade, enfin! l'accueillit Amanda, souriante.

– Ne me dites pas qu'il y a déjà des urgences.

– Non, mais beaucoup de gens qui meurent d'envie de faire votre connaissance.

– Les propriétaires de tous ces véhicules dehors?

– Et plus encore. Les Naiad travaillent dans le studio B et les Velvet Margay dans le studio C.

– Les quoi? Où puis-je trouver Hayden?

– Il est dans son bureau depuis huit heures ce matin.

– Merci d'avoir tenu le fort, Amanda.

Jippy se dirigea tout droit dans le bureau de son bras droit. Son gendre était en train de feuilleter les journaux.

– Comment vas-tu, Hayden? demanda-t-il en s'installant dans un de ses fauteuils d'invités.

– J'ai connu de meilleurs jours. Tasha a dû déjà te mettre au courant de nos problèmes.

– Je n'ai pas encore eu de conversation avec ma fille, mais j'ai eu tout un discours de la part de la tienne. Tu veux m'en parler ?

– Katia a raison de dire que nous sommes hypocrites, parce que ça fait des années qu'il n'y a plus rien entre nous. Nous restions ensemble pour la petite.

– Qui a décidé de partir ?

– C'est Tasha. Elle a un amant et elle est partie vivre avec lui. Katia n'a pas voulu la suivre.

– Je suis au courant. Comment comptes-tu régler ça ?

– Puisqu'elle ne veut plus vivre ni avec sa mère, ni avec moi, je vais l'envoyer dans un couvent.

– Je vois ça d'ici…

– En réalité, je n'en ai aucune idée. Elle est encore en âge d'être adoptée.

– Avant que nous n'en arrivions là, prenons le temps d'y réfléchir. Où habite-t-elle, en ce moment ?

– Elle s'est réfugiée dans la maison de mes parents pendant que Kevin est en tournée.

– Nous garderons un œil sur elle pendant que nous cherchons une solution. En attendant, qui sont les groupes dont Amanda vient de me parler et dont j'ai déjà oublié les noms ?

– Les Naiad et les Velvet Margay sont des filles qui composent leurs propres chansons.

– Dis-moi au moins que c'est du rock.

– C'en est, mais je qualifierais celui des Naiad de rock explosif et contagieux, alors que celui des Margay est plutôt romantique et captivant. Elles ont des looks complètement différents, mais le même cœur au ventre.

– Y a-t-il autre chose que je devrais savoir ?

– Apparemment, Nico est de retour en Californie.

– Il t'a appelé ?

– Non, je l'ai appris entre les branches.

Jippy, qui avait mis son numéro de téléphone dans sa poche avant de partir, se promit de l'appeler pour en savoir plus. Il demanda à Hayden de lui présenter les nouvelles pouliches de son écurie. Pour ne pas l'effaroucher, il lui présenta d'abord les Margay qui, sans leurs perruques, étaient de belles filles sympathiques… surtout Brandy. Jippy écouta chanter Ashley de l'autre côté de la baie vitrée, puis serra la main du nouvel ingénieur du son que Hayden avait dû embaucher, puisque les Naiad occupait Winfried à temps plein.

Il connaissait Peter Barclay de réputation, car ce dernier avait produit plusieurs bons albums ces dernières années, et se demanda ce que son bras droit avait bien pu lui promettre pour qu'il accepte de travailler au milieu de nulle part.

Les filles, qui ressemblaient davantage à des étudiantes qu'à des rockeuses, se présentèrent une à une, pétillantes de malice, et le remercièrent de la chance qu'il leur offrait de faire leurs débuts grâce à la meilleure maison d'enregistrement au monde. Gonflé d'orgueil, Jippy traversa au Studio B. Les chevelures abondantes des Naiad lui causèrent tout un choc. Quatre d'entre elles étaient appuyées sur la console et observaient la prestation vocale de leur compagne aux cheveux roses. Elles portaient toutes des vêtements provocants, que ce soit par des décolletés plongeants ou des jupes vraiment très courtes.

– Elles sont exquises ! s'exclama Winfried en voyant l'air inquiet de Jippy.

Les bras croisés, le grand patron écouta la fin de la prise. Après la dernière note, Melody se débarrassa de ses écouteurs et traversa dans la cabine afin de serrer la main du patron.

– J'ai appris à chanter avec TGW, lui dit-elle.

– Je suis flatté.

– C'est un honneur d'enregistrer dans vos studios. Je m'appelle Melody et voici mes compagnes : Symphonie, Rhapsodie, Euphonie et Harmonie.

– Vraiment ?

– Vous ne serez pas déçu.

Jippy se tourna vers Hayden, qui était immobile et attentif. Il le connaissait suffisamment pour savoir qu'il souffrait en silence, comme lui-même quelques années auparavant. Il lui fit signe de le suivre dans le couloir, où ils marchèrent côte à côte.

– Dis-moi que tu n'as pas l'intention de partir.

– Je veux bien garder ma place à Tex-son, mais il se peut que je retourne vivre sur le bord de la mer. Je ne prendrai une décision finale que lorsque ma fille aura enfin la vie dont elle rêve.

– Elle m'a demandé de lui payer un avocat, mais je pense qu'un juge sera en mesure de lui offrir plusieurs solutions qui lui conviendront. D'une façon ou d'une autre, je serai près d'elle pendant votre divorce.

– Je t'en serai éternellement reconnaissant.

Jippy s'enferma dans son bureau et composa le numéro que Jeff avait noté, espérant que Nico s'y trouvait encore, car il avait la fâcheuse habitude de ne rester nulle part très longtemps.

– Nico Wade.

– Finalement. Tu es rentré en Californie ?

– Ouais. J'en avais assez de travailler avec des gens dont je ne parle pas la langue.

– J'ai entendu ce que tu as composé en Allemagne. Ce n'est pas habilement enregistré, mais les chansons sont plutôt bonnes.

– Je ne croyais pas qu'on pouvait se procurer ces albums en Amérique.

– J'ai un nouveau fils qui trouve tout ce qu'il cherche.

– Un nouveau fils ?

– J'ai refait ma vie, Nico. Tu le saurais déjà si tu avais pris le temps de te renseigner.

– Je regrette de m'être isolé aussi longtemps, mais j'avais des choses à régler, moi aussi.

– M'as-tu appelé l'autre jour pour en discuter ou pour me dire que tu étais revenu ?

– En fait, je voulais te demander si je pouvais rentrer à la maison, le temps que je fasse un peu d'argent.

Jippy se cacha le visage dans sa main en pensant à tout ce que le retour de Nico à Kennenika allait changer.

À surveiller...

sortie prévue au début de juillet 2013

 www.anne-robillard.com
www.parandar.com

Imprimé au Québec, Canada
Avril 2013